KB260112

長虹貫日

장홍관일

월인 新무협 판타지 소설
FANTASTIC ORIENTAL HEROES

장홍관일 2

월인 新무협 판타지 소설

초판 1쇄 찍은 날 § 2010년 1월 22일
초판 1쇄 펴낸 날 § 2010년 1월 28일

지은이 § 월인
펴낸이 § 서경석

편집장 § 문혜영
편집책임 § 정서진
편집 § 서지현

펴낸곳 § 도서출판 청어람
등록번호 § 제1081-1-89호
등록일자 § 1999. 5. 31
어람번호 § 제2-1877호

주소 § 경기도 부천시 원미구 심곡2동 163-2 서경B/D 3F (우) 420-822
전화 § 032-656-4452 팩스 § 032-656-4453
http://www.chungeoram.com
E-mail § eoram99@chollian.net

ⓒ 월인, 2010

ISBN 978-89-251-2066-9 04810
ISBN 978-89-251-2064-5 (세트)

장홍관일

2

혼란(混亂)

월인 新무협 판타지 소설

FANTASTIC ORIENTAL HEROES

長虹貫日

도서출판 청람

目次

第十二章
반간계(反間計)

장흥관일

“저곳이란 말이지?”

회기대 이십조의 조장 방소추는 마른침을 삼키며 앞쪽의 건물을 주시했다.

가정집 같지는 않고 무슨 작은 상점 같았지만 저잣거리 어디에서나 볼 수 있는 그런 곳이었다.

그 상점은 대낮인데도 문을 닫고 있었다. 그것이 특징이라면 특징이었다.

방소추는 오늘 그곳으로 숨어들어 조사를 해보라는 무영의 지시를 받은 것이다.

다른 조원들도 제각각 무슨 일을 맡고 분주히 움직이고 있었지만 이런 일은 아닌 것 같았다. 자신이 조장이다 보니 이런 일을 시킨 모양이었다.

"사람 팔자 시간문제라더니……."

맞은편 객점의 구석 자리에서 차를 한 잔 시킨 후 조사해야 할 장소를 주시하던 방소추는 쓴웃음을 지으며 고개를 흔들었다.

지금 자신은 회기대 이십조의 조장이 아니라 무영의 조원이나 마찬가지였다.

처음에는 거의 반강제적으로 그런 상황에 처해졌지만 나중에는 자신이 무영 앞에 무릎까지 꿇으며 동생의 절맥을 치료해 주면 목숨을 바치겠다고 애원했다.

그렇게 자발적으로, 아니, 애원까지 하며 이루어진 관계였으나 어이없는 심정은 어쩔 수 없었다.

하지만 무영의 지시를 따르는 것이 싫다거나 거부감이 들지는 않았다.

그것이 타의에 의해 하는 일과 자의에 의해 스스로 하는 일의 차이이다.

그 여우 같은 놈은 그것을 충분히 알고 조원들을 스스로의 의사에 의해서 움직이는 수족으로 만들어놓은 것이다.

신참 신고식을 할 때 무영이 자신들에게 먹인 것이 독단이었다면 지금 자신은 절대로 이런 식으로 움직이지 않을 것이다. 이렇게 맞은편 객점에 먼저 들러 조사할 장소를 은밀히 탐색하는 등의 행동 따위는 하지 않고 아무런 사전 준비 없이 그냥 시키는 것만 무성의하게 했을 것이 분명했다.

무영을 떠올리며 방소추는 다시 한 번 쓴웃음을 지었다. 그리고는 천천히 몸을 일으켰다.

점소이에게 차 값을 치르고 나온 방소추는 은밀하게 건물 옆으로 접근했다.

휘익—

단번에 건물의 담을 넘은 방소추는 신속히 건물 안으로 스며들었다.

예상대로 작은 건물 안은 텅 비어 있었다.

그 예상이라는 것은 자신에 의한 것이 아니라 무영에 의한 것이었다.

무영은 아마도 그곳이 비어 있을 것이라고 했다. 그리고 각별히 주의해서 뒤지지 않는다면 특이한 것을 발견하지 못할 것이라고도 했다.

또 한 가지 이상한 점은 아무것도 찾지 못하더라도 한 시진은 노력을 하다가 나오라고 했다.

"대체 무슨 꿍꿍인지……."

고개를 저은 방소추는 재빠르게 건물의 방 안으로 들어갔다.

방은 다섯 개였다.

네 개는 잠만 잔 듯 침대 외에는 아무것도 없었다. 그리고 그 침대 위에는 머리카락 한 올 남겨져 있지 않았다.

방소추는 멍한 표정으로 방 안을 쳐다보기만 했다.

이런 방은 처음이었다.

분명히 사람이 머물렀던 것 같은데 아무런 흔적이 없다. 그렇다고 이사를 한 것 같지도 않았다.

흔적만 보고 이곳에 누가 있었는지 짐작한다는 것은 무영이 온다고 해도 불가능할 것 같았다.

침대만 있는 네 개의 방을 지나친 방소추는 다른 한 개의 방을 조사했다.

그 방엔 침대 대신 큰 탁자와 몇 개의 의자가 놓여 있었고 구석에는 서랍장도 하나 놓여 있었다. 그리고 탁자 위에는 지필묵과 찻잔도 몇 개 놓여 있었다.

침대만 있는 네 개의 방에 비해서는 몇 가지 흔적이 남아 있었지만 그것들 역시 아무것도 없는 것이나 마찬가지였다.

찻잔 속은 찌꺼기 한 점 없이 깨끗했다. 그러니 이곳에 있던 인간들이 무슨 차를 마셨는지 알 길이 없었다. 또한 탁자 위에 놓인 지필묵은 새것이 아니어서 무슨 글을 쓴 것 같긴 했지만 지금 탁자 위에 있는 종이에는 단 한 글자도 적혀 있지 않았다.

“뭐야, 이거? 무슨 귀신이 산 것도 아니고…….”

어이없다는 표정으로 혀를 내두르던 방소추는 눈을 반짝였다.

탁자 밑에서 작은 항아리를 발견한 것이다.

들어설 때는 몰랐는데 가까이 와서 의자에 앉다 보니 눈에 띈 것이다.

방소추는 얼른 허리를 굽혀 항아리를 들어 올렸다.

"이런……."

방소추는 절로 신음을 토했다.

항아리 역시 발견하지 않은 것만 못한 존재였다.

무언가 비밀스런 것이 있을 줄 잔뜩 기대했는데 항아리 안에는 타고 남은 재만이 수북하게 쌓여 있었다.

재의 형태로 미루어보아 그것은 종이를 태운 것 같았다.

무언가 내용이 적힌 종이는 즉시 태워져 이 항아리 안에서 재만 남은 모양이었다. 그래서 탁자 위에는 아무것도 안 적힌 종이만 있는 것이리라.

정말 철저한 놈들이란 생각이 들었다.

방소추는 마지막으로 벽 구석에 있는 서랍장 쪽으로 다가갔다.

제일 위의 서랍을 빼낸 방소추는 깜짝 놀라 눈을 크게 떴다.

잠시 후 방소추의 입이 귀밑에까지 찢어졌다.

"횡재했군, 횡재했어!"

방소추는 환호성을 터뜨렸다.

제일 위의 서랍장에는 은원보가 가득 들어 있었다.

누군지 자신들의 정체를 드러내지 않기 위해 전표 대신 은원보를 이렇게 가득 비축해 둔 것 같았다.

그 정도면 한 가족이 족히 십 년은 놀고먹을 수 있는 양이었다.

방소추는 가슴이 벌렁거렸다.

무영이 아무런 위험이 없을 것이라고 하지 않았으면 갑자기 누군가 튀어 나올 것 같아 오금이 저릴 정도였다.

"호호호!"

방소추는 흐드러진 웃음을 토했다.

이것을 몽땅 가지고 가서 모든 조원들과 나누더라도 개인당 이 년치 봉급보다 많은 금액이다. 그것을 한꺼번에 얻은 조원들도 자신과 마찬가지로 입이 귀밑까지 찢어질 것이다.

횡재수에 기분은 날아갈 듯했지만 놈들의 정체에 대해서 아무것도 알 수 없기는 마찬가지였다.

마음을 진정시킨 방소추는 중간 서랍을 열었다.

'무복?'

비로소 이곳에 머무르던 인간들의 정체를 쥐꼬리만큼이나 짐작할 만한 단서가 나타났다.

여러 벌의 무복과 복면이 있는 것으로 보아 이곳에 있던 사람들은 무인임이 분명했다. 그리고 이렇게 무복을 따로 준비해 놓은 것으로 보아 평소에는 다른 차림으로 지내다가 필요할 때마다 무복을 착용한 것 같았다.

“그런데… 이건?”

무복을 들춰보던 방소추는 눈을 부릅떴다.

차곡차곡 개어져 있을 때는 단순한 무복인 줄 알았는데 펼쳐 보니 조양방의 각 부대 무복이었다.

왼쪽 가슴에는 조양방의 표식인 ‘조양’의 두 글자가 선명히 새겨져 있었고, 오른쪽 가슴에는 일에서 이십까지 제각각의 숫자가 새겨져 있었다.

“무영이 이곳을 조사하라는 데는 이유가 있었군.”

방소추는 온몸에 소름이 돋는 느낌이 들었다.

어떤 놈들인지 몰라도 놈들은 이곳에서 무언가를 꾸미며 필요한 때에는 조양방의 조원으로 위장하여 무슨 짓을 벌이거나 아니면 조양방 안으로 스며들었다는 말이다.

방소추는 신고식을 할 때 조양방이 위험에 처했다고 했던 무영의 말이 비로소 실감이 났다.

이만한 은원보를 가지고 조양방 복장까지 준비해 무언가를 꾸미고 있는 놈들이라면 보통 놈들이 아닐 것이고, 그런 놈들이 곳곳에서 설쳐 대면 조양방이 위험할 수도 있었다.

무복을 내려놓은 방소추는 제일 아래쪽의 서랍을 열었다.

그러나 그곳은 텅 비어 있었다.

거듭 철저한 놈들이란 생각이 들었다.

침실과 침대로 보아 몇 명이 기거한 곳 같았는데, 그들의 정체를 짐작할 것이라고는 조양방의 무복뿐이었다.

무영으로부터 무황성 놈들이 조양방을 상대로 무슨 흉계를 꾸미고 있다는 말을 듣지 못했더라면 조양방의 조원들이 이곳에서 무슨 음모를 꾸미지 않았나 의심이 갈 정도였다.

"놈들의 정체에 대한 단서는 못 챙겨도 부수입은 확실히 챙겨야겠지?"

함박웃음을 지은 방소추는 흑기대 표식의 무복 상의 하나를 바닥에 펼치고는 은원보가 가득 담긴 서랍을 통째로 빼내 그 위에다 털어 부었다.

와르르—

땡그랑—

가슴을 흥분시키는 소리가 바닥에서 울려 퍼졌다.

"흐흐흐! 역시 재미있어. 앞으로도 무영 그놈이 시키는 일이라면 지옥 불속이라도 뛰어들겠어. 흐흐흐!"

무복 상의에 은원보를 모두 챙긴 방소추는 다시 한 번 흐드러진 웃음과 함께 천천히 걸음을 옮겼다.

피식!

건물의 지붕 한곳에 은신술을 펼치고 있던 무영은 입꼬리를 비틀었다.

방소추가 양상군자처럼 무언가 한 보따리 싸 가지고 건물을 나선 조금 뒤에 왼쪽 건물 옆쪽에서 은밀한 움직임이 포착되었다.

그곳은 무영이 처음부터 예의 주시하고 있는 곳 중 한 곳이었다.

방소추가 숨어들어 간 건물을 은밀히 주시하려면 그곳이 가장 적합했다. 그 몇 곳에서는 건물 어느 방향에서라도 숨어 들어 가는 사람 모두를 감시할 수 있었고, 또 다른 사람 눈에도 띄지 않는 장점도 있었다.

주변에 건물은 많았지만 그런 곳은 몇 곳 되지 않았다.

무영은 그런 몇 곳이 한눈에 보이는 곳에서 은신하며 감시하고 있었던 것이다.

삼층 건물의 지붕 쪽에서 은밀하게 움직인 인영은 깃털처럼 가볍게 바닥으로 내려섰다. 그리고는 잠시 주변을 두리번거리다가 천천히 걸음을 옮겼다.

'이상하군.'

잠시 후 무영은 눈살을 찌푸렸다.

자신들의 은신처였던 건물에서 나오는 방소추를 감시하다 몸을 움직인 자가 분명하다면 당연히 방소추의 뒤를 미행할 줄 알았는데 정반대 방향으로 걸음을 옮기고 있었다. 그리고 그 걸음걸이 역시 조금도 서두르는 기색이 없었다. 처음부터 지켜보지 않았다면 그냥 그 건물과는 아무 상관 없는 행인 같았다.

서생 차림을 한 사내는 한참 동안 그렇게 걸음을 옮기다가 행인들이 뜸한 곳으로 접어들자 경공을 펼치기 시작했다.

“놈도 미끼를 쓰고 있군.”

사내가 펼치는 경공의 방향이 방소추가 사라진 방향과는 전혀 상관이 없다는 것을 느낀 무영은 특유의 미소를 지었다.

무영 자신이 방소추를 미끼로 이용해 위건화의 소재를 파악하려 한 것처럼 위건화 역시 서생 차림의 사내를 이용해 자신을 잡으려 한다는 생각이 들었다.

거기까지 생각한 무영은 당장 서생 차림의 사내를 잡아 족치려던 생각을 접었다.

사내가 미끼인 이상 그를 잡아봐야 아무런 소용이 없을 것이다. 사내는 화설금처럼 그들의 접선 장소 한 곳만 알고 있을 가능성이 컸다.

“그곳에서 함정을 파고 날 기다리겠단 말이지?”

무영은 고개를 갸웃거렸다.

그럴 의도였다면 이곳에서도 가능할 일인데 이곳에는 단연코 다른 미행의 흔적은 보이지 않았다.

“그렇군.”

무영은 고개를 끄덕였다.

이곳은 조양방과 너무 가까웠다.

그래서 지리적 이점을 활용할 수 없고, 자칫 큰 대결이라도 벌어지면 조양방의 촉각에 걸리게 된다.

놈은 그것을 피하기 위해 미끼로 유인하고 자신이 원하는 장소에서 함정을 파고 기다리려고 하는 것이다.

"어떤 함정을 파고 기다리는지 한번 빠져볼까?"

무영의 얼굴에 언뜻 장난기가 비쳤다.

그러나 무영은 곧 고개를 저었다.

상대는 무황성주의 셋째 제자였다.

그런 자를 상대함에 있어 섣불리 움직여서는 안 된다. 그리고 아직까지는 자신은 암중인으로 남아 있어야 한다.

"하지만 굴러들어 온 미끼를 놓칠 수야 없지. 미끼를 이용하는 재미도 쏠쏠하고."

무영은 천천히 몸을 움직였다.

지붕의 한 꺼풀이 벗겨지는 듯 은빛 그림자가 순간적으로 일렁거렸다가 사라졌다.

조일형(趙一亨)은 경공을 펼치며 몇 번이나 고개를 갸웃거렸다.

대체 자신이 지금 무슨 일을 하는지 몰랐다. 아니, 정확히 말하자면 자신이 받은 명령이 무엇인지 도무지 이해가 가지 않았다.

며칠 전 갑작스런 위건화의 소집 명령을 받고 집결한 자리에서 그 시간부로 예전의 거처를 포기하라는 지시를 받았다.

그 지시도 이해가 가지 않았는데 자신보고 옛 거처 주변에 은밀히 은신하고 있다가 누군가 그곳을 조사하는 사람이 나타나면 그것만 확인하고는 신속히 되돌아오라는 지시를 다시 받았다.

지시를 받고 즉시 실행에 옮겨 이곳에서 이틀 동안 은신하고 기다리던 오늘, 어떤 놈이 옛 거처로 뛰어들었다. 그리고 한참 후에 무언가를 한 보따리 싸 가지고 나왔다.

그건 보지 않아도 무엇인지 알 수 있었다.

자신들의 활동비인 은원보였다.

놈은 그것을 하나도 남기지 않고 싸 짊어지고 나오는 것이 틀림없었다.

그 정도 양이면 자신 한 사람은 평생 놀고먹을 수도 있었다. 그것을 어떤 놈이 가져가는 모습을 눈 뻔히 뜨고 지켜보면서 아무 제재도 가할 수 없다는 사실에 속이 쓰리다 못해 신물이 올라올 지경이었다.

담을 뛰어넘는 놈의 경공이나 걸음걸이로 보아 삼초지적도 되지 않아 보였다. 그러나 위건화로부터 받은 명령은 그놈을 잡으라는 것이 아니라 확인 즉시 달려오라는 것이니 어쩔 도리 없이 등을 돌려 경공만 펼치고 있었다.

"대체 무슨 영문이란 말인가?"

조일형은 혹시 누가 따라오는 것이 아닌가 하여 뒤를 돌아보았지만 미행의 기척은 조금도 느껴지지 않았다.

"저곳에서 조금 쉬어 가면 되겠군."

관도를 벗어나 숲이 보이는 곳에서 조일형은 경공의 속도를 줄였다.

나무 그늘에서 조금 쉬며 목을 축인 후 다시 경공을 펼칠 생각이었다. 그리고 이틀 동안 대기했던 주루로 가서 탁자 밑에 있는 비밀 암호에 따라 새로운 거처로 합류할 것이다.

조일형은 천천히 신형을 멈추며 나무 그림자 아래의 바위 위에 엉덩이를 걸쳤다.

잠시 그렇게 숨을 돌리던 조일형이 눈을 끔벅였다.

저 앞쪽, 그러니까 자신이 달려가고 있던 방향에서 한 사내가 한가로이 걸어오고 있었다.

뒤쪽에서 쫓아오는 사람이라면 무의식중에라도 경계를 할 터였지만 앞쪽에서 마주쳐 오는 사람인지라 조일형은 경계심을 누그러뜨리며 사내를 관찰했다.

군살 하나 없이 균형 잡힌 몸매에, 자신과 같은 서생 차림의 청년이었다. 특이한 것이 있다면 얼굴에 구레나룻이 짙다는 점이었다.

그것이 눈에 거슬린 조일형은 빠르게 사내의 전신을 훑었다.

차림새와 마찬가지로 몸 어느 구석에도 무기를 소지하지 않았다.

조일형은 슬며시 긴장의 끈을 풀었다.

"잠시 말씀 좀 묻겠습니다."

잠시 후 구레나룻 청년이 다가와 말을 건넸다.

조일형은 고개를 끄덕이며 물어보라는 의사를 표했다.

"용성(龍城)으로 가려면 어느 방향으로 가야 하오?"

청년의 질문에 조일형은 늦추었던 긴장의 끈을 와락 다시 조였다.

용성이라니?

그것은 자신들의 암호 중 하나였다.

그런데 그 암호를 이놈이 어떻게 알고 있단 말인가?

조일형은 소매 속에 숨긴 수전을 흘러내리게 하여 손바닥에 감쌌다.

이놈이 그 암호를 어떻게 알고 있는지 납득할 이유를 대지 않으면 무조건 제거해야 한다.

조일형은 살기를 감추며 청년을 쳐다보았다.

온 얼굴에 구레나룻이 덮여 있어 나이를 짐작하기 힘들었다.

어찌 보면 서른을 넘긴 것도 같았고, 어찌 보면 자신들이 모시고 있는 삼공자 위건화보다 더 어린 것도 같았다.

조일형은 다시 뚫어져라 청년을 쳐다보았다.

청년은 여전히 속을 알 수 없는 표정이었다.

"모르시오?"

청년이 빙글거리며 다시 물었다.

"모른다면?"

조일형이 딱딱하게 맞받았다.

"내가 잘못 짚었나? 그곳에서 그렇게 기다리면 만날 수 있을 것이라 했는데……"

청년이 잠시 난감한 표정을 지으며 고개를 갸웃거렸다.

"대체 누구를 찾은 것인가?"

조일형이 눈살을 찌푸리며 물었다.

"누군지는 모르겠고… 어떤 여인의 부탁을 받았소. 그가 설명한 사람이 아무래도 당신 같기에……"

청년은 조일형을 유심히 쳐다보며 답했다.

"여인?"

"그렇소. 용성을 물어보고 이걸 내밀어 정해진 대답을 하는 사람에게 전하라 했는데……"

청년이 대답과 함께 품에서 봉서 하나를 꺼냈다.

조일형은 혹시 청년의 품에서 암기가 튀어나오지 않을까 싶어 손에 쥐었던 수전을 다시 손바닥 뒤로 감추었다. 그리고는 청년이 내미는 봉서를 쳐다보았다.

'이것은?

조일형의 눈이 번쩍하고 빛을 발출했다.

봉서에 찍힌 제비 문양!

그것은 날수비연 화설금의 표식이었다.

그렇다면 이자는 화설금의 지시로 이곳까지 왔단 말인가?

조일형은 다시 한 번 봉서를 살폈다.

아무리 살펴도 화설금 오단주가 가지고 있는 패찰의 문양이 확실했다. 누군가 모조품을 만든다 하여도 미세하게나마 차이 나는 그 부분까지 똑같이 만들 수는 없는 것이다.

"모르는 물건이라면 난 가겠소. 젠장! 은자 열 냥 벌기 정말 힘들군."

청년이 조일형의 모습을 다시 한 번 뜯어보며 봉서를 품속으로 도로 집어넣었다. 그리고는 투덜거리며 등을 돌렸다.

"잠깐!"

조일형이 청년을 불러 세웠다. 그리고는 조용히 입술을 움직였다.

"북망산 쪽으로 가면 찾을 수 있을 걸세."

"그럼……? 당신이 맞는 거요?"

자신이 원하던 암호가 조일형의 입에서 흘러나오자 청년이 와락 반색을 했다.

"맞으면서 그렇게 의뭉을 떨건 뭐 있소? 사람 참!"

청년은 한시름 덜었다는 표정과 함께 품속에 손을 넣어 아까의 그 봉서를 꺼냈다.

"받으시오. 그리고 이곳에 당신의 표식을 찍어주시오."

청년이 대뜸 봉서를 건네주며 다른 종이 한 장을 내밀었다.

혹시 모를 암습에 대비해 신경을 곤두세웠다가 봉서를 쳐다보는 조일형의 눈이 어지럽게 흔들렸다.

놈이 번지수는 제대로 찾은 것 같은데 도저히 종잡을 수가 없었다.

어떻게 자신의 종적을 알아챘는지, 또 화설금과는 무슨 관계인지, 그리고 저 봉서는 뭔지…….

"정체가 뭐냐?"

조일형이 여전히 봉서를 받지 않고 질문을 던졌다. 아무리 머리를 싸매봤자 답이 안 나오니 그게 최선이었다.

"하오문의 조원이오. 봉서 주인으로부터 은자 열 냥을 받기로 하고 심부름을 하는 것이오."

"하오문의 조원?"

조일형은 눈살을 찌푸렸다.

개방만큼이나 방대한 조직을 가진 하오문이 이런 심부름을 한다는 것은 들었지만 화설금이 하오문을 이용할 줄은 몰랐다. 그리고 그렇게 해야만 하는 절박한 사정이 어떤 것인지도 궁금했다.

이곳으로 오기 전 삼공자 위건화로부터 들은 말로는 화설금 오단주는 특수 임무를 수행하기 위해 모임에도 참석하지 못했다고 들었다.

"날 어떻게 따라왔나?"

조일형이 거듭 질문을 던졌다.

"일을 청부한 여인이 시킨 대로 하다 보니 그럭저럭 놓치지 않을 수 있었소."

청년은 여전히 미소를 띤 얼굴로 답했다.

조일형은 여전히 혼란스런 마음으로 얼굴을 찌푸렸다.

"어서 받으시오. 팔 아프니."

청년이 봉서를 손끝에 잡고 흔들었다.

조일형은 그것을 받아야 될지 말아야 될지 판단이 서지 않았다.

이런 상황은 전혀 예상하지 못했다. 그리고 이제껏 명령만 따르며 생활해 온 탓에 이런 상황에서는 어떻게 해야 할지 얼른 판단이 서지 않았다.

"윗사람들끼리의 일이니 생각 같은 건 하지 말고 그냥 시키는 대로만 하시오. 판단은 위에서 할 것이 아니겠소?"

청년은 조일형의 고민을 익히 알고 있다는 듯 느물거렸다.

조일형은 볼을 씰룩거렸다. 그리고 입을 열었다.

"내 윗사람이 누구란 말이냐?"

"청부한 여인이 그 얘긴 안 해주어서 모르겠지만 당신을 이곳에 오게 한 사람이 아니겠소."

청년은 자신도 더 이상 아는 것이 없다는 듯 입맛을 다셨다. 그리고는 봉서를 던지다시피 조일형에게 내밀었다.

조일형이 얼떨결에 봉서를 받고는 그것을 다시 살펴보았다.

봉인이 되어 있는 봉서에 찍힌 화설금의 표식이 더욱 선명하게 눈에 들어왔다. 그걸 보니 이놈 말이 틀린 것은 아닌 것 같은데 여전히 무언가에 홀린 것 같은 기분은 떨쳐지지 않았다.

"봉서를 받았으니 여기에 당신의 표식을 찍어주시오. 그래야 은자 열 냥을 받을 수 있소.”

청년이 종이를 내밀었다.

조일형은 자신의 신패를 꺼내 그 위에 먹물을 조금 붓고 종이 위에 찍었다.

그때 청년이 다시 입을 열었다.

“더 중요한 내용 한 가지는 구두로 전하라 했소.”

“그게 뭔가?”

“무슨 말인지는 모르겠지만, 이 봉서는 공자가 아니라 아가씨에게 전하라고 했소. 절대 공자에게 보이면 안 된다고 했소. 만약 제대로 전하지 않으면 나중에 성주에게 큰 문책을 받을 것이라고도…….”

조일형은 다시 눈살을 찌푸렸다.

단주가 아닌 조원이기에 돌아가는 일의 세세한 부분은 알지 못하고 시키는 대로 움직였다. 그러다 보니 이런 상황에서는 대처 능력이 떨어지는 것이다.

“정말 그렇게 말했나?”

조일형이 다시 확인을 했다.

아가씨와 공자라는 말까지 하는 것을 보니 화설금이 보낸 것이 분명했지만 아직도 얼떨떨했다.

“분명 그렇게 말했소. 신신당부한 내용이라 확실하오.”

청년이 고개를 끄덕였다.

“그럼 난 가보겠소. 혹시 당신도 시킬 일이 있으면 개방보

다는 하오문을 이용하시오. 비용도 저렴하고 일 처리도 확실
하니까."

청년은 가볍게 고개를 끄덕이고 등을 돌렸다.

"잠깐!"

조일형이 다시 청년을 불렀다.

"뭐요?"

청년이 무뚝뚝한 목소리와 함께 돌아섰다.

"네 이름과 소속 지부는?"

화설금의 표식까지 확인했지만 뭔가 석연치 않은 기분에
청년을 그냥 돌려보내선 안 될 것 같았다. 돌려보낼 때 돌려
보내더라도 최대한 파악은 해 보고 싶었다.

"하오문 의창(宜昌)지부 정세출(丁勢出)이라 하오. 당장 가
서 확인해 봐도 좋소."

청년이 불만 어린 표정으로 말을 받았다.

소속과 이름을 알았으니 확인을 해보면 될 터였다.

조일형은 고개를 끄덕였다.

"그럼 가보게."

"부디 잘 전하시오!"

마주 작별 인사를 한 청년은 천천히 산모퉁이를 돌아 시야
에서 완전히 사라져 버렸다.

멍하니 서 있던 조일형은 어이없다는 표정으로 손에 들린
봉서를 내려다보았다.

자신의 손에 들린 그것을 보니 도깨비에 홀린 것은 아니라
는 생각이 드는데 도무지 현실감이 느껴지지 않았다.

청년이 나타남에서부터 사라짐까지 어처구니없음의 연속
이었고, 자신은 철저히 피동적일 수밖에 없었다.

"젠장!"

한소리 역정을 토한 조일형은 봉서를 살폈다.

봉인된 봉서 안에는 제법 두툼한 서찰이 들어 있는 것 같았
다.

"그런데 이걸 갖다주어야 하나, 말아야 하나?"

조일형은 다시 갈등에 빠져들었다.

버리자니 화설금의 표식이 너무나 선명했고, 가져다주자
니 너무나 뜬금없었다.

한동안 고민하던 조일형은 고개를 흔들었다.

잘못 전해지면 성주의 문책이 따를 것이라는 화설금의 전
언이 뇌리를 스쳤다.

마침내 조일형은 봉서를 품속에 갈무리했다.

"화설금의 표식이 역시 효과가 있군."

숲 속에서 조일형이 사라지는 것을 지켜본 청년은 씨익 웃
으며 얼굴을 가득 덮은 구레나룻을 떼어냈다.

구레나룻에 덮여져 있던 무영의 얼굴에 한 줄기 땀이 흘러
내리고 있었다. 급하게 갖다 붙인 구레나룻이 공기의 유통을

차단했기 때문이다.

"겨울에는 붙이고 사는 것도 괜찮겠어."

무영은 소매로 땀을 닦은 후 가짜 구레나룻을 품속에 갈무리했다.

"그건 그렇고… 하오문 의창 지부에 정세출이라는 인물부터 만들어놓아야겠군."

씨익 웃으며 중얼거린 무영의 신형이 그 자리에서 푹 꺼졌다.

第十三章
분주한 움직임

장흥관일

봄이 무르익어 가며 온 세상에 꽃향기가 가득했다.

조양방의 가장 깊은 곳인 방주 처소에도 어김없이 봄기운이 스며들어 정원 가득 기화요초가 만발했다.

그 기화요초 속에서 방주 염천기는 신선 같은 풍모를 한 채 한가로이 꽃을 손질하고 있었다.

생명의 불꽃이 이제 두 달 조금 더 남았지만 그의 행동에서는 전혀 그런 기색을 느낄 수 없이 유유자적하고 초탈했다.

가위로 한참 동안 꽃을 손질하던 염천기가 뒤쪽에서 들리는 인기척에 인자한 미소를 피워 올렸다. 발자국 소리만 들어도 누군지 알 수 있는 모양이었다.

“할아버지!”

꾀꼬리 같은 맑은 목소리가 들려왔다.

눈에 넣어도 아프지 않을 손녀 염예령이었다.

“보고 싶었어요, 할아버지!”

내당 가장 깊은 곳인 방주 처소를 찾은 염예령은 예전과 전혀 다름없는 표정으로 방주 염천기를 향해 달려갔다.

체격은 이미 다 큰 처녀였지만 달려가는 모습은 어린 소녀나 다름없었다.

“아이쿠! 말만 한 녀석이 이 무슨 호들갑이냐?”

가위를 바닥에 내려놓은 염천기가 입으로는 핀잔을 주면서도 활짝 웃는 얼굴로 염예령을 향해 팔을 벌렸다.

호북 흑도무림의 패주인 염천기였지만 지금은 한 손녀의 할아버지일 뿐이었다. 더구나 이젠 생명이 얼마 남지 않은 상태였기에 더욱 애통한 마음이 되어 염예령을 향해 팔을 활짝 벌린 것이다.

“할아버지!”

염예령이 네 살짜리 어린애처럼 염천기의 품으로 파고들었다.

“허허!”

염천기가 너털웃음을 터뜨린 후 말을 이었다.

“우리 조양방의 무법자께서 오늘은 무슨 바람이 부셨나? 요 한 달 동안 코빼기도 안 보이시더니.”

"죄송해요, 할아버지. 무척 바빴어요."

조양방제일화이자 무법자인 염예령이 염천기의 품에서 벗어나며 미소를 지었다.

"그렇게 바쁜 일이 뭐가 있을꼬?"

잠시 깊은 눈으로 염예령을 바라보던 염천기가 넌지시 물었다.

얼마 전 무영의 행적을 조사하며 뜻밖에도 염예령이 무영과 모종의 관련이 있다는 것을 알았기에 염천기의 눈빛은 더욱 깊어졌다.

염천기의 그런 깊은 눈빛을 마주한 염예령의 눈이 잠시 흔들렸다.

무영이 자신의 처소로 찾아왔을 때 조부인 조양방주의 부탁을 받고 무언가 꾸미는데 도움을 받기 위해서라고 했다. 그렇다면 할아버지는 무영과 자신에 대해서도 안다고 봐야 했다. 우선 그것부터 확인할 생각이었다.

"할아버지께서 무언가 부탁을 한 청년의 일 때문이에요."

염예령은 자신의 대답을 들은 염천기의 눈빛이 더욱 깊어지는 것을 보며 자신의 짐작이 옳았음을 확신했다.

"무영이란 청년 말이구나."

잠시 후 염천기가 낮아진 음성으로 말했다.

"그래요. 그 사람 때문에 한동안 정신이 없었어요."

"왜? 그놈이 너에게 무슨 짓이라도 한 것이냐?"

염천기의 눈 사이에 엄한 기운이 번졌다.

"엄청난 짓을 했죠."

"엄청난 짓?"

"그래요. 무황성 놈들에게 납치되어 가려던 절 그가 구해 주었지요."

염예령의 대답을 들은 염천기의 눈이 폭광을 내뿜었다.

손녀딸 염예령이 무영을 회기대에 추천한 것을 알아내고 모종의 연관이 있으리라고 생각했지만 그것이 그런 흉험한 일인 줄은 몰랐던 것이다.

"무황성… 이 쳐죽일 놈들!"

염천기가 움켜진 주먹을 부르르 떨었다.

갑작스런 격정 때문에 그의 목구멍으로 비릿한 기운이 역류했다.

염천기는 황급히 내력을 다스렸다.

눈에 넣어도 아프지 않을 손녀 앞에서 토혈을 하는 모습을 보일 수는 없었다.

자신의 중독은 몇 사람밖에 모르는 비밀이고 죽는 순간까지 그래야 했다.

"심기를 불편하게 해서 죄송해요, 할아버지. 하지만 이렇게 무사하니 다행이잖아요."

염예령이 얼른 염천기를 안심시켰다.

"그래, 그렇구나. 다행이지. 천만다행이고말고."

역류하는 선혈을 억지로 삼킨 염천기가 고개를 끄덕였다.

"그래, 그렇게 솔직히 나오니 더 이상 다른 얘기는 필요없겠구나. 오늘 네가 이곳으로 온 이유도 그 청년 때문이겠지?"

염천기가 거두절미하고 물었다.

"그래요. 그 사람이 저한테 한 가지 일을 시켰어요. 그래서 그 일을 하려면 할아버지의 도움이 필요해요."

염예령도 거두절미하고 답했다.

"우리 무법자께서 어쩌다 남의 명령을 받는 처지가 되었나 그래. 쯧쯧!"

염천기가 과장스럽게 혀를 찼다.

"할아버지께서도 부탁을 해야 하는 사람인데 저라고 별수 있나요. 죽으라면 죽는 시늉이라도 해야죠."

염예령이 입맛을 다시며 웃었다.

'허어, 그놈 참!'

무영의 능력에 염천기는 속으로 경탄을 토했다.

손녀 염예령은 자신이 시켜도 죽는 시늉을 할 아이가 아니었다. 그런데 그놈은 어떻게 구워삶았는지 시키면 죽는 시늉이라도 하겠다고 한단 말인가?

'어쩌면……'

염천기는 문득 무영의 능력이 자신이 예측하고 있는 것보다 또 한 단계 더 높을 것 같다는 생각을 했다.

그것은 염천기가 기대고 있는 유일한 희망이 한층 더 커지는 일이었다.

'시간이 조금만 더 있었더라도……'

다시 속으로 탄식한 염천기는 염예령을 바라보았다.

"그래, 죽는 시늉이라도 해야 할 청년이 너에게 무엇을 시키더냐?"

"그건 나중에 말씀드릴게요. 우선 부탁이 하나 있어요."

염예령은 대답을 회피하고 부탁부터 했다.

"그게 뭐냐?"

"그 사람이 시킨 일을 제대로 해내려면 세공 안 된 흑수정이 하나 필요해요. 최소한 메추리알만큼 커야 해요."

염예령은 조심스런 눈으로 염천기를 바라보았다. 그만한 크기의 흑수성은 절대로 흔한 것이 아니다. 자신은 아직 그만한 흑수정을 본 적이 없었다.

"흑수정 원석이라……."

말끝을 흘린 염천기가 한쪽으로 고개를 돌렸다.

"들으셨는지요, 수석 장로님?"

염천기의 목소리에 소나무 뒤에서 무언가 어른거리더니 수석 장로 공야흠이 모습을 드러냈다.

"공야 할아버지!"

염예령이 깜짝 놀란 표정으로 고함을 질렀다.

수석 장로 공야흠은 조양방에 있어 방주만큼 위상이 높은 사람이다. 공야흠이 아니었다면 조양방도 없을 것이고 지금의 염천기도 없을 것이다. 그런데 그런 공야흠이 소나무 뒤에서 은신하고 있다가 모습을 드러내다니……?

그건 수석 장로의 모습이 아니라 호위의 모습이었다.

"대체 거기서 뭘 하신 거예요, 공야 할아버지?"

염예령이 눈을 크게 뜨고 공야흠을 쳐다보았다.

"보시다시피 네 할아버지의 호법을 서고 있지 않았느냐. 험험!"

공야흠이 헛기침과 함께 답했다.

"두 호위는 어쩌고 공야 할아버지께서 호법을 선단 말인가요?"

의문 가득하던 눈에 금세 불안한 기색이 드리워진 염예령이 가원과 진설을 찾아 사방을 두리번거렸다.

"그 아이들은 어떤 녀석이 데리고 가버려 내가 이 고생이구나."

공야흠이 미소를 머금으며 답했다.

"데리고 가다니……? 누가 감히 할아버지의 그림자를……?"

거기까지 말하던 염예령이 무언가 생각난 듯 와락 고개를 돌려 염천기를 쳐다보았다.

"설마… 그들도 무영이?"

"허허! 그놈이 일을 맡은 선불조로 달라고 하더구나. 그래서 딸려 보냈다."

염천기가 고개를 끄덕이며 답했다.

"말도 안 돼요. 그들이 어떻게 그를 따라간단 말인가요? 또 보낸다고 순순히 따라가던가요, 그들이? 특히 진설이란 여인은……."

빠르게 말을 내뱉는 염예령의 눈에 불신이 가득했다.

방주의 사랑받는 손녀이기에 그들에 대해서는 남들보다 더 많이 마주칠 수 있었다.

그들은 방주의 명령밖에 듣지 않는 돌부처들이었다. 염예령 자신도 방주 가까이 갈 땐 그들의 눈치를 보아야 했다.

그들은 방주의 가족이라고 해도 절대로 경계를 늦추지 않았다. 특히 진설이란 여자 보표는 그 정도가 훨씬 심했다. 할 수만 있다면 그녀는 염천기의 그림자를 베어버리고 자신이 그 그림자가 되고 싶어했다.

그런 그들이 무영을 따라가다니?

"처음에야 안 가려 했고, 내 명령에 따라가긴 했지만 물가에 끌려가는 염소나 마찬가지였지."

"그런데 왜 아직 그를 따라다니는가요?"

"몇 대 맞고 나서 고분고분해진 모양이야. 그리고 지금은 아주 재미를 붙인 모양이더구나. 며칠째 코빼기도 안 보이는 걸 보니."

이번에는 공야흠이 답했다.

'대체……'

염예령은 그만 할 말을 잃고 말았다.

대체 얼마나 때려야 그 두 사람을 재미를 붙이고 능동적으로 움직이는 수족으로 부릴 수 있단 말인가?

자신이라면 백 년을 때려도 절대로 불가능할 것 같았다.

염예령은 이젠 어이가 없어 아무 생각도 들지 않았다.

"왜 그러느냐? 조양방의 무법자를 죽는 시늉까지 하게 만든 청년이 아니더냐? 그런 능력이라면 그 두 아이 정도는 아무것도 아니지 않겠느냐?"

염천기가 장난스런 미소와 함께 염예령을 쳐다보았다.

염예령은 얼굴이 달아올랐다.

굴뚝을 청소하고 나온 청소부는 자기 얼굴에 묻은 검댕은 보지 못하고 남 얼굴에 붙은 검정을 놀린다더니, 자신이 지금 그 꼴이었다.

어쩌면 진설보다 최소한 두 배는 더 맞아도 말을 듣지 않을 자신이 그의 말을 따르기 위해 지금 이처럼 동분서주하고 있지 않은가?

'망할!'

염예령은 문득 자신에 대한 역정이 치받아 올랐다.

대체 이게 무슨 꼴인가?

아무리 할아버지께서 부탁을 하는 인간이라도 그렇지, 자신이 이게 무슨 꼴인가?

'어쩌다 이 꼴이 되었지?'

다시 한 번 자문하던 염예령의 뇌리에 무영의 모습이 떠올랐다.

처음 만난 순간 그 공포스럽던 모습!

그 때문일까?

그 공포가 지금 자신을 이렇게 고분고분하게, 아니, 그의 지시를 더욱 철저히 수행하기 위해 골머리를 싸매게 한 것일까?

절로 고개가 흔들어졌다.

공포와 강압 때문에 이렇게 될 정도라면 차라리 자살을 하고 말 것이다.

그럼 무엇 때문에?

또 다른 무영의 모습이 뇌리에 떠올랐다.

불쑥 자신의 처소로 찾아와 지시를 하던 중 어떤 여인의 애기를 꺼내 껴 보인 너무나 슬픈 빛이 어린 눈동자!

그 슬픈 눈동자는 어떤 창칼의 위협보다 강했다.

그 슬픔이 조금이라도 덜어지게 할 수 있다면…….

아마도 그 때문일 것이다.

그의 부탁을 들어주는 것이 무황성에 대항해 조양방을 지키는 일이기 때문이라는 표면적인 이유 뒤에 자신도 모르게 감춰진 또 다른 이유는 바로 그것일 것 같았다.

'망할!'

염예령은 다시 역정을 삼켰다.

언제부터 이렇게 감상적이 되었는지, 그것도 역정이 나는 일이었다.

"그 사람의 부탁을 최대한 들어주는 것이 더러운 무황성에 맞서 조양방을 구하는 일이니까요."

표면적인 이유를 변명으로 들고 나온 염예령이 표정을 굳혔다.

정색을 하는 염예령은 보며 염천기와 공야흠의 표정도 굳어졌다.

잠시 귀여운 손녀와 재회하느라 모든 시름을 잊고 만면 가득 미소를 머금었지만 무황성이란 말에 암흑 같은 현실이 인식된 것이다.

"언제까지 필요하느냐?"

공야흠이 물었다.

"빠를수록 좋아요."

염예령이 짤막하게 답했다.

"구해보도록 하마."

공야흠이 고개를 끄덕였다.

"고마워요, 공야 할아버지. 역시 할아버지는 만능이에요."

염예령이 갑자기 딱딱하게 변한 분위기를 누그러뜨리고자 밝게 웃으며 어리광을 부렸다.

"뭘 해줄 때만 그런 것이 아니더냐?"

공야흠도 굳었던 표정을 누그러뜨리며 대꾸했다.

"아무렴요. 그러니 부디 이백 살까지 사시면서 계속 만능이 되어주세요.”

염예령이 손가락 두 개를 펼쳐 보이며 애교를 떨었다.

“이 녀석아! 아예 악담을 하거라. 허허!”

공야흠이 너털웃음을 터뜨렸다.

“그럼 가볼게요. 일 다 끝나면 또 놀러 와서 하루 종일 놀아드릴게요.”

염예령이 허리를 숙여 인사를 하고는 총총히 사라졌다.

“이백 살이라…….”

염예령의 모습이 완전히 사라진 후 염천기가 허허롭게 중얼거렸다.

이제 겨우 두 달 조금 넘게 남은 자신의 수명이 이백 년과 대비되어 더욱 짧게 느껴졌다.

“방주, 너무 비관에 빠지지 마시지요. 하늘이 무너져도 솟아날 구멍이 있다고 하지 않았소.”

공야흠이 염천기의 절망적인 심사를 위로해 주려 했다. 그러나 그 어떤 위로도 지금의 염천기에게는 소용없다는 것을 공야흠이 더 잘 알았다.

“인생무상이라더니… 그 말이 꼭 맞습니다, 수석 장로님.”

염천기가 자조적인 목소리로 말했다.

“방주!”

“아무리 큰 대업을 이룬다 한들 마지막 순간에는 모두 빈손이지요. 그걸 조금만 더 일찍 깨닫고 내실을 다지기만 했어도 이런 꼴을 당하지는 않았을 텐데. 욕심이 너무 컸나 봅니다. 후후!"

염천기가 공허한 웃음을 흘렸다.

"그것보다는 무황성이 너무 간교했소."

"그러지 못한 우리가 바보지요. 누굴 탓하겠습니까."

자조적인 염천기의 웃음 끝에 선혈이 묻어 나왔다.

"방주!"

공야흠이 얼른 염천기의 등 쪽 혈 몇 군데를 두드렸다. 그러면서도 혹시 누가 보지 않을까 사방을 살폈다.

방주의 생명이 경각에 달렸다는 것을 알면 곳곳에서 동요가 일어날 것이다. 그럼 조양방은 가만있어도 무너질지 모를 일이었다.

공야흠의 노력에 힘입어 염천기가 원래의 신색을 회복했다.

"그래도 마지막에 그놈을 만나 조금이나마 위안이 되는군요."

"무영이라는 청년 말인지요?"

"그렇습니다. 시간이 지날수록 그 청년의 능력은 우리의 예상을 뛰어넘는 것 같습니다."

"그렇더군요. 무공도 무공이지만 사람을 부리는 능력을 보면 더 대단해 보입니다. 지금 그 녀석이 속한 회기대 이십조는 아주 이상한 조직으로 바뀌어 버렸어요."

"허허!"
"허허허!"
두 노인의 웃음이 허공으로 울려 퍼졌다.

＊　　　＊　　　＊

조양방의 최대 단골이라 할 수 있는 의창(宜昌)의 화양루(嬅揚樓)에서 나온 정대룡은 몇 번이고 고개를 갸웃거리며 자신의 손에 들린 종이쪽지를 쳐다보았다.

쪽지에는 여러 개의 이름이 적혀 있었고, 이름 옆에는 숫자가 적혀 있었다.

그 이름과 숫자는 정대룡 자신이 적은 것이었다. 그런데도 그는 처음 보는 것처럼 고개를 갸웃거리며 자신이 적은 이름과 숫자를 쳐다보고 있었다.

그것은 남이 흘린 쪽지를 주워 들고 이게 뭔가 하고 유심히 들여다보고 있는 것 같았다.

"거참, 대체 이런 것을 왜 조사하라는 것인가?"

정대룡은 자신의 손에 들린 종이를 연신 들척이며 중얼거렸다.

며칠 전 무영은 느닷없이 정대룡에게 한 장의 서찰을 전해 주며 거기에 적힌 내용들을 조사해 오라는 지시를 내렸다.

서찰을 살펴본 정대룡은 왜 그러는지 궁금하기 짝이 없었지만 아무것도 묻지 않았다. 애초에 무영은 그들에게 있어 이해가 안 되는 딴 세상의 인간이나 마찬가지였다. 목숨을 걸고 동참하기로 약속한 이상 시키는 대로 하면 그만이었다.

종이에 적힌 내용은 조양방 방도들이 제일 많이 드나드는 주루인 화양루의 장부에 적힌 내용 중에서 원하는 것만 추려놓은 것으로, 최근 주루에서 술을 제일 많이 먹은 사람들 명단, 또 외상술을 먹은 사람들 중 최근 가장 많은 외상값을 갚은 사람들의 명단과 그 술값 등등 잡다한 것들이 적혀 있었다.

물론 그 장부를 살펴보는 것이 쉬운 일은 아니었다.

주루의 주인에게 있어 손님의 외상 술값을 누군가에게 보여주는 것은 금기였기에 불가능한 일일 수도 있었다. 그런데 무영은 무슨 수를 썼는지 보여주지 않는다면 전 방도의 출입을 금하게 하겠다는 방주의 친서를 정대룡에게 주었고, 그걸 본 화양루의 주인은 정대룡에게 연신 굽실거리며 몇 달 전의 장부까지 보여주었다.

그뿐만 아니었다.

자신과 장도익이 포섭(?)한 녹기대의 이진옥과 조난향에게도 자신들을 시켜 서찰을 전해주게 했다.

아마도 그녀들 역시 자신들과 마찬가지로 방주의 친서를 소지한 채 이상한 조사를 하고 있을 것이다.

"이곳에서 술집이라도 차릴 생각인가?"

정대룡은 아무리 봐도 무영이 왜 이런 조사를 벌이는지 모르겠다는 듯 고개를 갸웃거렸다.

"어쨌든 다 되었으니 이젠 그녀와 술이나 한잔해야겠군."

홀가분한 마음이 된 정대룡은 다른 주루를 향해 걸음을 옮겼다.

"형님!"

몇 발짝 앞으로 나아가던 정대룡은 뒤에서 들리는 목소리에 고개를 돌렸다.

같은 조의 제일 막내인 마소창이었다.

"네 녀석이 여긴 어쩐 일이냐?"

정대룡이 의아한 표정으로 물었다.

신고식을 당하던 날 무영 앞에 무릎을 꿇고 무공을 가르쳐 달라고 애원했던 그는 최근 무영으로부터 심법 한 가지를 전수 받은 후 그것을 익히느라 틈만 나면 어디로 사라져 코빼기도 보이지 않았다. 그런 마소창이 오늘은 웬일인지 조양방 밖에까지 나왔고, 그것이 의아했다.

"어쩐 일이십니까, 형님은?"

마소창이 대답 대신 물었다.

"그 질문은 내가 먼저 했다."

정대룡이 눈을 치뜨며 말했다.

"사부님이 뭔가를 시켜서 알아보러 나왔습니다."

마소창이 빙글거리며 답했다.

"사부? 무영이?"

정대룡이 눈 사이를 좁혔다.

"하늘같은 사부지요. 당연히."

마소창은 경외감 가득한 표정으로 단호하게 답했다.

"뭘 하나라도 배우고 나서 사부를 찾아라, 이놈아."

정대룡이 코웃음을 쳤다.

이제 겨우 심법 한 가지 얻어 배우는 주제에 사부를 찾는 마소창의 말이 우스웠던 것이다.

"봉황의 뜻을 참새가 어찌 알 리요."

정대룡의 콧방귀에 마소창이 느물거렸다.

"뭐가 어째? 그럼 네놈이 봉황이고 내가 참새란 밀이냐?"

정대룡이 주먹을 들어 올리며 한 대 때릴 듯 마소창을 노려보았다.

"제가 배우는 심법이 얼마나 신묘한지 알면 형님도 그런 말씀 못하실 겁니다."

마소창은 얼른 몇 발자국 물러나며 안면 가득 웃음을 지었다.

그 웃음은 무영이 준 단약을 삼키고 내력이 두 배 가까이 증대된 것을 느낀 모든 조원이 짓던 미소보다 몇 배는 더 환했다.

"대체 얼마나 신묘하기에 그런 표정이냐?"

정대룡은 들어 올렸던 주먹을 내리며 눈을 끔벅거렸다.

마소창의 표정으로 보아 절대로 허튼소리는 아닌 것 같았다. 그렇게 생각하니 어떤 것인지 제법 궁금했다.

"그건 직접 느껴봐야 아는 것이지 말로는 설명이 불가능합니다. 어쨌든 일 년만 기다려 보십시오. 제가 어떻게 변해 있는지."

마소창은 전낭이라도 주운 사람처럼 빙글거렸다.

'나도 금자 대신 무공을 가르쳐 달라고 할 걸 그랬나?'

정대룡이 입맛을 다시며 마소창을 물끄러미 쳐다보았다.

내력이 두 배로 증가되며 흑기대 조원들을 때려눕히고 나니 세상이 달라져 보였다.

통쾌한 기분과 함께 찾아오는 자신감은 말할 것도 없었고, 그로 인해 녹기대 조원 이진옥과도 뜨거운 사랑을 나누게 되었다.

그걸 실감한 정대룡이었기에 적잖은 갈등이 생기는 중이었다.

"형님은 물러 터져서 안 될걸요. 신묘한 능력이 있는 심법이니만큼 익히는 것이 얼마나 힘든지 아십니까? 며칠 되지 않았지만 창자가 끊어져 나가는 고통에 까무러칠 뻔한 적도 있습니다. 형님은 절대로 안 될 겁니다."

마소창이 손사래까지 치며 고개를 절레절레 흔들었다.

"이 자식이……"

정대룡이 다시 주먹을 들어 올리다가 피식 웃고 말았다.

마소창의 말대로 자신은 그러고도 남을 사람이었다.

조양방에서 정기적으로 받는 훈련도 하기 싫어 죽을 지경인데 따로 짬을 내어 무공을 익히는 것은 어불성설이었다. 그리고 마소창은 나이는 어려도 독기가 강한 놈이었다. 그런 독기가 있기에 견뎌내고 있는 것일 터였다.

"그런데 네놈의 그 잘난 사부가 뭘 시켰기에 여기까지 나온 것이냐?"

정대룡은 비로소 생각난 듯 처음 했던 질문을 다시 했다.

"아참, 그 얘기 하다가 여태껏 딴짓 하고 있었네. 그런데 그게 좀 이상합니다."

지금껏 빙글거리며 너스레를 떨던 마소창이 갑자기 심각한 표정을 지었다. 그 돌변한 마소창의 모습에 정대룡은 어리둥절한 심정이 되어 마소창의 입만 쳐다보았다.

"사부님, 아니, 밖에 나가서는 그렇게 부르지 말라고 했는데……."

마소창은 손바닥으로 자신의 입술을 몇 번 때린 후 말을 이었다.

"무영 형님이 어제 저보고 정씨 대장간에 가서 무언가를 좀 알아봐 달라고 해서 왔는데, 그것이 이해가 안 갑니다."

마소창이 고개를 갸웃거렸다.

"뭘 알아보라고 했기에……?"

정대룡이 약간은 긴장된 표정으로 물었다.

"정씨 대장간에서 최근 조양방 무사들에게 판매하거나 수
리한 무기 수량과 그 외 잡다한 것들을 알아봐 달라고 했습니
다. 방주님의 친서까지 건네주며 말입니다."

"너도……?"

정대룡의 표정이 굳어졌다.

자신 역시 방주의 친서를 건네받으며 내용만 다를 뿐, 똑같
은 식으로 무영의 지시를 받은 것이다. 그리고 무엇 때문에
그런 것인지 이해가 되지 않았는데 마소창도 같은 식의 지시
를 받았다고 하니 무언가 있구나 하는 생각이 들었다.

"형님도 그렇습니까?"

정대룡의 정색한 표정을 본 마소창이 눈을 조금 크게 떴다.

"그래, 나도 비슷한 지시를 받았다. 내용은 다르지만 방주
님 친서까지 건네받고 이것저것 알아보는 중이었다."

"그렇군요. 그래서 요즘 조원들이 뻔질나게 밖으로 나도는
군요."

마소창이 크게 고개를 끄덕인 후 다시 말을 이었다.

"그런데 대체 무슨 일이랍니까?"

마소창이 의구심 가득한 눈으로 정대룡을 쳐다보았다. 그
러나 정대룡이라고한들 그 연유를 알 수는 없기에 마주 보고
눈만 끔벅일 뿐이었다.

"그 이무기 같은 놈의 속을 우리가 어찌 알겠느냐. 우린 그
저 시키는 대로 해주면 될 뿐이다."

정대룡이 한숨을 내쉬며 고개를 저었다.

"그렇지요. 무슨 생각을 하고 있는지 우리 같은 사람이 짐작한다는 것은 그야말로 참새가 봉황의 뜻을 짐작하겠다는 것이지요. 우린 마음 편하게 시키는 일만 하면 되겠지요."

마소창도 정대룡을 따라 고개를 끄덕였다.

"그래, 최대한 조심해서 알아봐라."

정대룡은 멀어져 가는 마소창에게 주의를 준 후 등을 돌렸다.

자신 역시 아직 할 일이 남은 것이다. 이진옥을 만나 무영이 지시한 것을 확인하는 것, 그것은 할 일이면서 삶의 희열이었다.

정대룡은 서둘러 발걸음을 옮겼다.

第十四章
미끼

장흥관일

"공야 할아버지는 정말 만능이야."

조양방의 수석 장로 공야흠이 보내온 메추리알만 한 흑수
정 원석을 건네받은 조양방제일화 염예령은 감탄사를 토했
다.

절대로 흔하지 않은 물건이기에 최대한 빨리 구해달라고
했지만 닷새는 걸릴 줄 알았다. 그런데 이틀 만에 구해온 것
을 보고 염예령은 수석 장로 공야흠의 능력에 절로 감탄할 따
름이었다.

"그럼 전 이만 가보겠습니다."

공야흠의 심부름을 온 시비가 공손히 고개를 숙였다.

"수석 장로님께 정말 고맙다고 전해줘."

염예령이 자신보다 두어 살 더 어려 보이는 시비를 향해 다정하게 말했다.

"알겠습니다, 아가씨."

시비가 허리를 숙이고 염예령의 처소를 떠났다.

잠시 시비가 사라진 문 쪽을 쳐다보던 염예령은 손바닥 안에 든 흑수정 원석을 쳐다보았다.

절세가인의 눈동자처럼 까맣게 빛나는 흑수정 원석은 세공되지 않은 상태임에도 불구하고 너무나 아름다웠다. 이것이 명인의 손에 의해 제대로 세공되면 금강석보다 더 아름다울 것 같았다.

"머릿속이 텅 빈 밥통에게 주기에는 너무 아까운데……."

염예령은 자수정 원석을 몇 번이나 쓰다듬으며 입맛을 다셨다.

하지만 이것은 애초부터 자신의 것이 아니었다.

보석이야 앞으로 언제든지 더 구할 수 있지만 무너진 조양방은 다시는 일으켜 세울 수 없을 것이다.

그렇게 생각하자 찬란한 빛을 뽐내는 흑수정이 바닥에 뒹구는 돌덩이 하나만큼이나 가볍게 여겨졌다.

"재수없는 밥통! 넌 이제 내 손안에 든 참새다."

야무지게 중얼거린 염예령은 흑수정 원석을 품속에 갈무리한 채 걸음을 옮겼다.

잠시 후 염예령은 잘 꾸며진 정원 안으로 시비의 안내를 받고 있었다.

이곳 정원 역시 여인의 처소인 듯했지만 염예령의 처소와는 달리 화려하게 꾸며져 있었다.

작은 연못과 화단, 그리고 연못 옆으로 정자가 자리하고 있었고, 그 옆으로는 기이한 모양의 수석과 분재가 어우러진 가산(假山)이 만들어져 있었다.

가난한 사람들은 이곳을 구경하는 것만으로도 하루를 보낼 수 있는 것 같았다.

'아주 돈을 퍼부었군! 역시 밥맛이야.'

염예령은 속으로 혀를 차며 눈살을 찌푸렸다.

이렇게 허영과 사치를 일삼는 돈의 백분지 일만 줄여 책을 사 모았더라면, 그리고 그 책의 백분의 일만 읽었더라면 그렇게 밥맛으로 보이지는 않았을 것이다.

"아가씨, 예령 아가씨께서 오셨습니다."

방문 앞에서 시비가 차분한 음성으로 고했다.

"누가 왔다고?"

잠시 후 방 안에서 여인의 목소리가 들렸다.

뭔지 모르게 사람을 불편하게 만드는 색조의 음성이었다.

약간은 앙칼진 듯 들리는 목소리는 언제라도 짜증 어린 고함으로 변할 준비가 되어 있었다.

드르륵!

문이 열리며 한 여인이 모습을 드러냈다.

염예령과 같은 나이 또래에 염예령보다 약간 작은 키의 여인은 여러모로 염예령과 대비가 되고 있었다.

염예령이 자연스럽고 청순한 아름다움을 발출한다면 방문을 열고 선 여인은 온갖 정성을 들여 가꾼 티가 역력해 보이는 아름다움을 뽐내고 있었다. 또 염예령이 간단한 장신구로 몸을 치장했다면 그녀는 화려하고 값비싼 보석을 머리끝에서 발끝까지 장식하고 있었다.

그녀는 방주 염천기의 둘째 아들인 염지강의 이녀이자 염예령으로부터 밥맛으로 여겨지는 염호경이었다.

나이는 염예령과 같았지만 염예령보다 생일이 늦어 동생인 데도 불구하고 단 한 번도 염예령을 언니로 대해주지 않아 두 사람의 사이는 더욱 좋지 않았다.

"네가 여기 웬일이야?"

한동안 뜻밖의 표정으로 염예령을 쳐다보던 염호경이 냉랭한 음성으로 물었다.

'역시 밥맛!'

염예령은 어제 먹은 음식이 식도로 역류하는 느낌을 받으며 심호흡을 했다.

저 밥맛과 친해져서 차 한잔 같이할 자리를 만들라는 무영의 부탁만 아니었더라면 절대로 마주하고 싶지 않은 얼굴이었다.

"못 올 덴 아니지?"

염예령도 냉랭하게 받아쳤다.

그녀의 목소리에 염호경의 눈꼬리가 더욱 위로 치켜졌다.

"하지만 기꺼이 오고 싶은 곳도 아니었을 텐데? 나 역시 절대로 달갑지 않고……."

염호경이 더욱 냉랭하게 말했다.

'정말 밥맛없는 계집애야.'

염예령은 다시 한 번 심호흡을 했다.

마음 같아서는 당장에라도 등을 돌려 처소로 돌아가고 싶었지만 지금은 공과 사를 분명히 해야 할 때였다. 자신의 사감은 철저히 죽이고 목적한 바를 관철시켜야 했다.

"달갑지 않은 것은 피차일반이고……. 하지만 이건 달가울걸."

염예령은 품속에서 흑수정 원석을 꺼내 엄지와 검지에 쥐고 햇빛에 노출시켰다.

반짝!

여인의 눈동자처럼 까만 흑수정 원석이 양광을 받아들여 찬란한 묵광을 토해냈다.

아직은 세공되지 않은 원석이었지만 그것에서 뿜어져 나오는 묵광은 일순 사방을 칠흑으로 물들이는 듯했다.

염호경은 오래전부터 이만한 크기의 흑수정을 무척 갖고

싶어했다.

언젠가 그녀는 팥알만 한 흑수정 목걸이에서 뿜어져 나오는 묵광이 그녀의 하얀 얼굴을 더욱 돋보이게 한다는 칭찬을 듣고 나서부터 더 큰 흑수정 목걸이를 목에 걸치면 자신의 미모가 그만큼 돋보일 것이라는 자신만의 착각 속에 최대한 큰 흑수정을 갈망했지만 아직까지 마땅한 것을 얻지 못했다.

그런 그녀였기에 지금 염예령이 쥐고 있는 흑수정을 보고 눈이 튀어나올 듯 크게 뜨여졌다.

"너, 너……?"

염호경이 넋을 잃고 중얼거렸다.

"이것마저도 그렇게 달갑지 않은 얼굴이군. 그럼 난 그만 가볼게."

염호경이 이미 흑수정에 넋이 나갔다는 것을 알았지만 시치미를 뚝 뗀 염예령은 매정하게 등을 돌렸다.

'하나, 둘, 셋…….'

염예령은 속으로 숫자를 세었다.

"잠깐, 잠깐 기다려!"

채 넷을 세기도 전에 다급한 염호경의 목소리가 염예령의 뒤통수를 사정없이 후려쳤다.

'그럼 그렇지, 네까짓 게…….'

염예령은 속으로 득의의 미소를 삼킨 후 천천히 등을 돌렸다.

"왜? 잊어먹은 말이라도 있어?"

"너… 그거 어디서 났어?"

염호경이 파란 불꽃이 이는 눈으로 염예령을, 그리고 그녀의 손을 번갈아 쳐다보았다.

그러나 염예령은 뜸을 들이며 대답을 하지 않았다.

"어디서 났느냐니까?"

염호경이 다시 대답을 재촉했다.

"평소 날 흠모하고 있던 무사 하나가 선물로 줬지."

염예령은 이젠 염호경의 염장까지 질렀다.

염호경의 눈에서 순간적으로 질투의 빛이 작렬했다. 그러나 그 빛은 흑수정에 대한 갈구의 빛에 밀려 금방 소멸되어 버렸다.

"그거… 나에게 팔아!"

염호경이 흑수정에 시선을 고정시킨 채 말했다. 아니, 거의 강요했다.

"얼마 줄 건데?"

"달라는 대로 줄게."

염호경은 침을 꿀꺽 삼켰다.

'달라는 대로 준다고? 멍청한 계집애!'

염예령은 속으로 비웃음을 흘렸다.

아무리 탐나는 물건이 있어도 이런 식으로 안달을 내면 백전백패다. 탐이 날수록 심드렁하게 대해야 유리한 고지를 점

령할 수 있고 손해를 작게 보든지, 더 나아가 이익을 볼 수가 있다. 장사꾼이 아닌 무가의 자식이지만 그런 것은 상식이었다. 그런데 염호경은 원하는 대로 값을 쳐준다는 가당찮은 말까지 내뱉으며 밑천을 드러내고 있다.

'그래서 넌 내 손아귀에 들어온 참새인 것이야.'

한 번 더 속으로 비웃음을 흘린 염예령이 입을 열었다.

"달라는 대로 다 준다면… 황금 일만 냥이라도 줄 수 있어?"

"미친… 그게 말이나 돼? 황금 일만 냥이 뉘 집 애 이름이야?"

염호경이 금방 자신의 말을 부정하며 펄쩍 뛰었다.

염예령의 얼굴에 옅은 조소가 번졌다.

"부르는 대로 준다며?"

"그야… 그만큼 갖고 싶단 얘기지."

염호경이 여전히 흑수정에서 눈을 떼지 못한 채 답했다.

"돈은 필요없고… 교환을 하지."

다시 한동안 뜸을 들이던 염예령이 마침내 패 하나를 던졌다.

"교환? 넌 뭘 원하는데?"

염호경이 죽었다 살아난 듯한 표정으로 한 발 다가섰다.

"이걸 줄 테니 넌 네가 얼마 전에 익힌 영사비격(靈蛇飛檄) 검초를 가르쳐 줘."

"영사비격 검초?"

염호경의 아미가 잠시 찌푸려졌다.

영사비격 검초는 염호경의 부친인 염지검이 그동안 친분이 있었던 감숙칠사(甘肅七蛇)의 맏형 격인 흑사검(黑蛇劍) 연운초(燕澐抄)에게서 얻은 여섯 초식의 검법이었다.

그 검법은 괴공이초라 할 만큼 수발이 어지럽고 검로의 예측이 난해하여 흑도의 그 어떤 고수도 쉽게 대적할 수 없었다.

염지검은 연운초에게 수백 금을 주고 그 검법을 전수받아 최근 자신의 아들딸들에게만 전수했다.

아마도 그는 언젠가 벌어질지 모르는 골육상잔에 대비해 그 검초를 익히고 자녀들에게 전해주었을지도 몰랐다.

"네가 그걸 어떻게 알아?"

부친으로부터 아무도 모르게 익히라는 당부를 받았다. 그런데 그것을 염예령이 알고 있다는 사실에 염호경은 경계심 어린 눈으로 염예령을 쳐다보았다.

"한 울타리 안에 살면서 그것을 모를까?"

염예령은 대수롭지 않다는 투로 말하며 흑수정을 더욱 잘 보이게 만지작거렸다.

염지검이 새로운 검초를 얻고 비밀리에 자녀들에게 가르쳤다는 사실은 평소 염지검의 반골 기질을 경계하고 있던 염천기에 의해 간파되고 있었다. 염예령은 부친으로부터 우연히 그 사실을 알게 되었다.

그런 점을 감안한다면 염호경은 강한 경계심을 품어야 마땅하겠지만 흑수정에 눈이 먼 그녀의 사고는 다른 방향으로 흘러가기를 거부했다.

"하긴……."

염호경은 한 울타리 안에 사는 사람이라는 염예령의 말에 경계심을 완전히 떨쳐 버리고는 고개를 끄덕였다.

아무리 사이가 좋지 않아도 가족이고, 가족이라면 그 정도 아는 것은 대수롭지 않다는 생각을 한 그녀였다.

"제대로 배우려면 보름은 걸릴 텐데? 익히려면 몇 달은 걸릴 테고."

염호경은 난색을 띠며 중얼거렸다.

보름 동안 염예령에게 가르치는 것이 마음에 내키지 않았다. 또 그사이 부친에게 들키기라도 하면 큰일이었다.

"닷새 만에 끝내겠어. 보름 동안이나 네 얼굴 보고 있을 자신없어."

염예령이 염호경의 가려운 곳을 긁어주며 단호하게 말했다.

"사돈 남 말 하셔."

염호경이 대번에 밝아지는 얼굴로 대꾸했다.

대충 형만 가르치면 닷새 만에 끝낼 수도 있었다. 하지만 그렇게 하면 염예령이 승낙하지 않을 것이라 생각했는데, 오히려 염예령이 그렇게 하자고 하니 앓던 이가 빠진 기분이었다.

"우리가 사돈이야?"

"차라리 사돈이면 좋겠어."

"그건 뜻이 일치하네."

"호호!"

염호경이 처음으로 염예령 앞에서 웃음을 흘렸다. 흑수정이 손에 들어오게 되었다는 생각에 감정을 주체하지 못한 웃음이었다.

"대신 확실하게 가르쳐. 그럼 세공을 할 줄 아는 사람도 소개시켜 줄 테니. 이건 그 사람에게 보이고 그때 네게 주겠어."

염예령이 다시 한 개의 미끼를 던졌다.

"세공사도 안단 말이야?"

염호경이 눈을 반짝였다.

바깥에다 맡기고 노심초사하는 것보다 조양방 내에서, 아니면 거처 가까운 곳에서 세공을 하게 하면 자신의 입맛대로 주문할 수 있으니 더욱 좋았다.

"좋아! 지금 당장 시작하지."

염호경이 가쁜 숨을 내뱉으며 재촉했다.

"우선은 차부터 한잔 내와. 아무리 바빠도 그게 순서 아냐?"

염예령이 눈을 흘겼다.

"그, 그래. 나도 목이 마르던 참이었어. 어서 들어가."

염호경이 십년지기라도 만난 듯 염예령을 자신의 방으로 이끌었다.

'됐어.'

무영의 지시대로 염호경과 차를 마시고 거짓으로나마 친해질 토대를 마련한 염예령은 흑수정을 쥐고 있는 손에 힘을 주었다.

'내가 할 일은 다 했으니 이젠 당신 차례예요.'

무영의 슬픈 눈을 떠올린 염예령은 긴 한숨을 내쉬었다.

*   *   *

팔락—

종이 한 장이 탁자 위에 놓여졌다.

탁자 위에는 수십 장의 종이가 어지럽게 늘려 있었다. 그 종이 위에는 각양각색의 필체로 글자가 쓰여 있었다.

글자는 몇 장만 빼놓고는 대부분 그렸다고 하는 것이 나을 만한 수준이었다.

지렁이가 기어가는 듯한 글자들을 한 사내가 무서운 집중력을 발휘하며 읽어나갔다.

사내의 뒤에는 한 여인이 의자에 앉아 사내의 하는 양을 지켜보고 있었다.

팔락—

한참 동안 그런 장면이 계속되었다.

"흠!"

고도의 집중력을 발휘하며 종이 위의 글자들을 읽어가던 사내가 짧은 한숨과 함께 시선을 돌렸다.

"먼저 글부터 제대로 쓰게 가르쳐야 했군."

사내가 입맛을 다시며 고개를 저었다. 그의 얼굴에는 문서의 내용을 해독하는 것보다 글씨 자체를 읽는 것이 더 힘들었다는 기운이 역력했다.

무영이었다.

그리고 그 뒤에 앉아 있는 사람은 진설이었다.

진설과 가원은 무영에게 구출된 후 비밀 장소에 은신해 있었다.

두 사람이 다시 조양방에 나타나면 오장로 송조격은 위기의식을 느끼고 몸을 도사릴지도 몰랐다.

가원이 송조격 장로 주변을 조사했다는 것을 알고 있는지 모르고 있는지 판단이 서진 않았지만 두 사람이 사라져 버렸다면 일단 안심을 할 것이다.

그렇기에 그때까지 진설과 가원을 이곳에 숨어 있게 했다.

그런 이유가 아니더라도 화설금의 연검에 찔려 생사의 기로에 섰던 가원이었기에 요양이 필요했고, 진설은 그를 간호

해야 했다.

다행히 가원은 빠른 회복을 보이고 있었지만 당분간은 침상 신세를 질 수밖에 없었다.

"대체 그게 뭔가요?"

진설이 어지럽게 흩어진 종이에 눈길을 주며 질문을 던졌다.

그녀로서는 아무리 봐도 그것들이 뭔지 이해가 가지 않았다.

술집 외상 장부 같기도 했고, 무슨 근무 장부의 내용 같기도 했다. 또 장사하는 사람들의 입출금 장부 내용 같기도 했다. 그나마 글자가 엉망이어서 그것마저도 확신할 수 없었다.

그런데 무영은 거의 한 시진 동안 눈길 한 번 돌리지 않고 그걸 쳐다보고 있었던 것이다.

"글쎄… 뭐라고 해야 하나……. 자갈밭에서 진주 찾기라고 하면 비슷한 비유가 될까?"

"자갈밭에서 진주 찾기……?"

설명을 듣고 나서 더욱 혼란스러워진 진설이 아미를 찌푸렸다.

"조금 부족한가? 그럼 이렇게 표현하면 어떨까? 조각난 사기 조각을 하나씩 붙여서 그것이 원래 무슨 모양의 도자기였는가를 추측하는 작업."

무영이 제법 길게 설명했지만 여전히 진설은 이해가 안 간다는 표정이었다.

"쩝!"

무영이 입맛을 다셨다.

"그대들도 며칠 전에 해보지 않았나? 전혀 관련없는 것 같은 서류 뭉치들 속에서 오장로의 행적이 이상하다는 것을 찾아냈던 작업."

"아!"

진설은 그제야 뭔가 이해가 간다는 듯 짧은 탄성을 토했다.

"그런데 이런 이상한 내용과 그게 무슨 상관인가요?"

잠시 뭔가 이해가 간다는 표정을 지었던 진설이 다시 원래의 표정으로 되돌아왔다.

"그대들은 그대들의 방식대로, 난 내 방식대로 하고 있을 뿐, 본질은 같아."

무영의 설명을 들은 진설은 비로소 고개를 끄덕였다.

이해 불능의 인간이니 이해 불능의 방식으로 무언가를 찾아내는 것이리라.

"그래서 무언가를 찾아냈나요?"

진설이 반짝이는 눈으로 물었다.

무영이 자신들과 같은 일을 했다면 그건 분명 조양방 내의 불순 세력을 찾아내는 것이다. 자신의 짐작으로는 오장로와 방주의 둘째 아들 염지검이 관련되어 있다. 그 두 사람은 분명 여섯 명의 대주 중 몇 명에게 은밀히 공작을 펼쳤을 것이고, 무영은 그것을 알아내려 하는 것이 분명했다.

"대충은 윤곽이 그려지고 있어."

무영이 무겁게 고개를 끄덕였다.

진설의 눈이 다시 빛났다.

"그럼 조양방을 구할 수 있나요?"

진설의 목소리가 높아졌다.

"아니. 그것만으로는 자신 못해."

"왜 그런가요? 주축이 되는 배신자들의 준동을 막으면 하급무사들이 영문도 모르고 따르는 일은 벌어지지 않을 것 아닌가요?"

진설이 빠르게 물었다.

"생각보다 광범위하게 오염되었다. 대주들과 조장들도 반 이상이고, 아직은 짐작뿐이지만 장로들도 오장로 혼자만이 아닌 것 같아."

"세상에!"

진설은 안색이 파랗게 질린 채 비명을 질렀다.

조양방의 장로들이 어떤 사람들인가?

수석 장로 공야흠을 비롯한 모든 장로는 그간 방주 염천기와 함께 수십 번 사선을 넘나들며 지금의 조양방을 이루었다.

그런 사람들이었기에 그들 중 또 다른 사람이 배신을 꿈꾸고 있다는 사실만으로도 하늘이 노래지는 기분이었다.

장로 한 사람의 배신은 대주 몇 사람의 배신과도 맞먹을 정도로 파급 효과가 컸다. 그런데 오장로뿐만 아니라 다른 장로들도 배신을 꿈꾸고 있다면……?

그건 여섯 명의 대주가 모두 반란을 꿈꾸는 것만큼 위험했다.

"어, 어떻게 하죠?"

진설이 당장 누가 쳐들어오기라도 하는 것처럼 불안한 눈으로 무영을 쳐다보았다.

"차!"

무영이 짤막하게 답했다.

"차라니요? 무얼 차라는 말인가요?"

진설이 무언가 걸어찰 것이 있나 주변을 두리번거렸다.

"그것 말고… 마시는 차!"

"마시는 차?"

"그래. 우선 차나 한잔하지."

무영의 대답에 비로소 차라는 말의 의미를 알아들은 진설이 와락 인상을 썼다.

자신은 간이 다 오그라드는 기분인데 차를 마실 생각을 하다니…….

"지금 가장 시급한 일은 차를 한잔 마시는 거야. 불안하고 초조할수록 어깨를 축 늘어뜨리고 긴장을 푸는 것이 중요하지. 그래야 실수를 줄이고 최선의 해결책을 찾을 수가 있어. 그러니 차를 한잔 가져와."

무영이 어깨를 축 늘어뜨리며 진설을 쳐다보았다.

진설도 잠시 무영을 쳐다보다가 어쩔 수 없다는 듯 등을 돌렸다.

"어깨부터 늘어뜨려!"

무영이 진설의 등을 향해 고함을 질렀다.

고함 소리에 움찔 걸음을 멈추었던 진설이 어깨를 늘어뜨리며 한숨을 내쉬었다. 그러고 나니 마음이 약간 안정되며 긴장이 풀렸다. 더 나아가 약간의 자신감도 생겼다.

진설은 다시 한 번 무영이 정말 종잡을 수 없는 사내라는 생각이 들었다.

단지 말 몇 마디로 사람의 마음을 백팔십도로 바꿔놓을 수 있다니…….

"그렇게 긴장을 푸니 뒤태가 훨씬 예쁘군!"

진설의 감탄을 일시에 지워 버리는 무영의 목소리가 들렸다.

'망할 인간!'

진설은 다시 인상을 와락 쓰며 빠르게 실내를 벗어났다.

진설이 차를 끓이러 간 후 무영의 표정이 얼음처럼 차가워졌다.

"그 짧은 시간에 이런 정도의 작업을 해놓았단 말이지?"

다시 몇 장의 종이와 책자를 들춰본 무영이 낮은 소리로 중얼거렸다.

"무황성주의 셋째 제자 위건화……. 제자들 중 제일 온순하고 부드러워 온실 안의 화초라 알려졌는데 실상은 이무기로군. 정말 한번 마주쳐 보고 싶은 친구야. 후후!"

무영이 차가운 웃음을 토했다.

"어디 있을까? 서서히 모습을 드러낼 때가 되었는데……. 모습을 드러낸다면 어느 구멍으로부터일까?"

무영은 비 맞은 중처럼 혼자 중얼거리며 계속 서류를 훑었다.

"차 가져왔어요."

진설이 무영의 상념을 깨뜨렸다.

무영은 입맛을 다시며 고개를 돌렸다. 그리고는 눈을 크게 떴다.

찻잔 세 개를 든 진설 옆에 어느새 가원도 같이 서 있었다.

상체 전체에 붕대를 칭칭 동여맨 그는 핼쑥하게 살이 빠져 그간 고초가 심했음을 말해주고 있었다.

"거동이 가능한 거야?"

무영이 가원의 전신을 훑어보며 물었다. 그동안 가원은 내내 침상에 누워만 있었던 것이다.

"그럭저럭!"

가원이 무감동하게 답하며 옆에 있는 의자에 앉았다.

화설금의 부하들에게 잡혀가서 모진 고문을 받아 상체에 성한 곳이 없을 정도로 칼자국이 난 그는 그날 이후 영혼이다 빠져나간 사람처럼 보였다.

"좀 더 쉬지그래?"

무영이 약간은 걱정스런 표정으로 권유했다.

빠른 회복을 보이고 있지만 아직 옆구리의 상처가 다 아물지 않았기에 무리하면 덧날 수도 있었다.

무영의 권유에 가원은 대답 대신 찻잔을 입으로 가져갔다. 그리고는 천천히 다액을 들이켰다.

"남들이 보면 그대가 내 상관인 줄 알겠군."

자신의 권유를 묵살하며 무겁게 찻잔을 기울이는 가원을 향해 무영이 입맛을 다셨다.

"그 검법, 지금부터 직접 가르쳐 주시오."

찻잔을 내려놓은 가원이 무형을 똑바로 보며 말했다.

알량한 자존심 때문에 그 검결을 익히지 못하고 이런 꼴이 된 자책의 감정과 자신을 이렇게 만든 인간들에 대한 증오감이 가원의 눈에서 불길처럼 이글거리고 있었다.

그 불길에 닿는 것은 쇠막대기라도 녹아버릴 것 같았다.

피식!

한참 동안 가원의 시선을 받은 무영이 짤막한 웃음을 터뜨렸다.

"그게 가능하다고 생각하나? 걸음을 옮기는 것도 힘든 주제에……. 아마 검을 들어 올려 한 번이라도 휘두르면 상처가 터져 피가 흐르고 즉시 혼수상태에 빠질걸."

무영이 조소와 함께 가원의 몸 상태를 일깨웠다.

“어떻게든 내 몸은 내가 추스르겠소.”

가원이 고집을 꺾지 않고 무영을 노려보았다.

“주제 파악을 못하는 건 처음 보았을 때나 지금이나 똑같군. 똑똑히 들어! 넌 지금 짐만 되는 용도 폐기의 수준이다. 좀 더 솔직히 말한다면 그때 그냥 죽도록 내버려 두는 게 나았다.”

“그럼 그렇게 하지 왜 살렸소?”

가원이 이를 악물며 말을 받았다.

“그랬다면 네 동료가 더 이상 내 말을 안 들을 테니까. 그건 좀 곤란하거든. 현재까지는 내 말을 듣는 사람들 중에서 제일 유능한 사람이니까 말이야.”

“그럼 지금이라도 죽이시오. 진설은 변함없이 따를 거요. 방주님 명령이니까.”

방주님 명령이란 말에 진설의 눈빛이 흔들렸다.

“그럴까? 그건 생각 못했군.”

무영이 입술 끝을 비틀며 몸을 일으켰다. 그리고는 손바닥을 펼쳤다.

우우웅—

무영의 손바닥에 서릿발 같은 기류가 뭉쳐졌다.

“못 죽일 거라고 생각하고 있는 것은 아니겠지?”

무영의 목소리가 얼음처럼 차가워졌다.

"그만! 그만하세요!"

진설이 새파랗게 질린 채 고함을 질렀다.

자신들이 붙잡힌 자리에서 화설금의 부하 두 명을 아무 거리낌 없이 죽여 버리던 그때의 기억이 되살아났다. 그때의 모습으로 본다면 아무리 가원이라도 가차없이 죽여 버릴 것 같았다.

"살려주자고?"

무영이 여전히 손바닥에 어린 기운을 거두지 않고 진설을 보고 물었다.

"살려주세요."

진설이 애원조로 말했다.

"더 이상 임무 수행은 물론 혼자서는 운신도 불가능하고, 누가 옆에서 간호해 주어야만 되는 혹덩이를?"

"그래도 살려주세요."

"이유는?"

"제가 두 배로 충성을 하겠어요. 죽으라면 죽는 시늉도 하겠어요."

진설이 가원의 앞을 막아서며 애원했다.

"아니. 그것으로는 부족해."

"그럼?"

"죽으라면 진짜로 죽어."

"그, 그러겠어요."

비로소 무영이 손바닥에 뭉친 기류를 대기 속으로 흩뜨렸다.

"들었지? 널 살리기 위해 죽겠다는 네 동료의 말."

무영이 가원을 향해 차가운 안광을 내쏘았다.

그 시선을 받은 가원이 눈을 질끈 감았다. 무영의 말대로 지금 자신은 아무것도 할 수 없는 상태였다. 그런 상태에서 검술 수련은 어불성설이었다. 지금은 가만히 누워 상처가 완쾌되기를 기다리는 수밖에 없었다. 단지 가만있으면 미쳐 버릴 것 같은 마음에 객기를 부린 것인데, 무영에겐 그것이 병아리 눈물만큼도 통하지 않았다.

"내 앞에서 더 이상 알량한 자존심 같은 거 내세우지 않는 게 좋아. 그건 죽음에 이르는 지름길이니까. 앞으로 한 달 동안 이곳에서 한 발짝도 나오지 말고 상처를 치료하는 데 온 정신을 기울여. 온전하지 못한 몸으로 쓸데없이 나돌아 다니다간 똑같은 일을 한 번 더 당할 테고, 그땐 내가 직접 죽인다."

차갑게 경고한 무영은 등을 돌리고는 이제까지 읽고 있던 종이 한 장을 손에 들었다.

화르르—

순식간에 종이에 불이 붙었다. 그리고 그 불은 다른 종이로 빠르게 번져 나갔다.

진설은 활활 타오르는 화염을 보며 언젠가 자신들도 저 화

염 속의 종이쪽지 같은 처지가 되지 않을까 하는 생각이 들었
다.

자신들에게 지시를 내리고 있는 이 사내는 유쾌한 듯하면
서도 냉정했고, 온유로운 듯하면서도 비정했다. 자신의 목적
한 바에 어긋날 때는 세상 누구보다 차가운 사람으로 돌변하
여 자신들을 모닥불을 피우기 위한 나뭇가지 취급을 할 수도
있을 것 같았다.

그런 차가운 모습을 떠올리면 절로 소름이 끼친다. 그리고
되도록 상종하지 말아야 할 인간이란 생각도 든다.

그러면서도 자신도 모르게 고개를 흔들게 만드는 한가닥
모순적인 느낌은······.

저 사내의 냉정함과 비정함이 결코 본성이 아니라 어쩔 수
없이 뒤집어쓰고 있는 가면 같다는 느낌!

호된 질책과 가원에 대한 가차없는 손속을 보면서도 그 느
낌 한가닥이 그를 증오할 수 없게 만들고 있었다.

"다시 부를 때까지 넌 죽은 사람이다. 섣불리 움직여 산 사
람이 된다면 일이 틀어진다. 그러니 그때까지는 숨소리도 크
게 내지 말도록."

가원을 향해 엄하게 지시한 무영은 진설을 쳐다보았다.

"화설금의 몸매를 기억하나?"

무영의 갑작스런 질문에 진설은 대답 대신 동그란 눈으로
무영을 쳐다보았다.

"키는 그대와 비슷하지만 몸매는 좀 다르지. 이틀 동안 시간을 주겠다. 그녀의 몸매를 최대한 흉내 내봐. 운동을 하든지, 아니면 자신없는 부분에 뭘 집어넣든지. 어쨌든 그녀와 흡사한 몸매를 만들어."

"그건 왜……?"

"죽으라면 죽겠다고 하지 않았나? 그러니 시키는 대로 해."

무영은 차갑게 말한 후 등을 돌려 밖으로 나갔다.

*　　　*　　　*

'그가 올까?

흑수정을 손에 든 염예령은 살짝 눈살을 찌푸렸다.

저번에 무영을 만났을 때 연락할 일이 있으면 회기대 이십조에 보표 한 명을 부탁한다는 지시를 내리라고 했다.

지금 그럴 생각으로 시비를 부르려다 무영이 아닌, 다른 사람이 오면 어떻게 하나 하는 생각이 들었다. 그런 생각을 하다 보니 다른 조도 많은데 왜 하필 제일 말단 조인 회기대 이십조에 부탁을 하는가 하고 의심하는 사람이 있겠다는 우려도 들었다.

그런데 그것은 우려할 필요가 없을 것 같았다.

우연인지 자신의 처소에서는 회기대 이십조의 처소가 가

장 가까웠다.

'여우 같은 인간이야.'

염예령은 입꼬리를 비틀며 웃었다.

어쩌면 그런 것을 미리 예상하고 회기대 이십조에 들어간 것 같았다.

그렇다면 다른 사람이 바뀌어 오는 것만 신경 쓰면 되었다.

'무슨 수를 써서라도 자기가 오겠지.'

회기대 이십조가 이미 무영의 손아귀에 들어갔다는 것을 모르는 염예령은 그렇게 생각하며 시비를 부르기 위해 방문을 열었다.

'아니?'

염예령은 속으로 신음을 흘렸다.

시비는 부를 필요조차 없었다.

염예령의 마음을 읽기라도 한 듯 무영이 먼저 와 있었던 것이다. 그는 예전처럼 담장의 그림자 속에 파묻힌 채 언제라도 그림자가 될 것 같은 모습으로 서 있었다.

염예령은 주변을 둘러보았다.

한적한 시간이라 근처에는 인기척이 없었다.

염예령은 얼른 신형을 움직여 예전에 무영과 만났던 다과실로 향했다.

"혹시 호랑이 고기를 삶아 먹은 건 아니죠?"

무영과 마주 앉자마자 염예령은 실없는 질문을 던졌다. 그

러면서도 혹시 자신의 얼굴이 홍조를 띠고 있지 않는지, 불식
간에 숨소리가 가빠지거나 말투에서 반가운 기색이 흘러나오
지 않는지 온 신경을 곤두세웠다.

"갑자기 웬 호랑이 타령인가?"

무영이 무덤덤하게 말을 받았다.

그 목소리에서 한 치의 사심도 느끼지 못한 염예령은 안도
의 한숨을 삼키며 편하게 말을 이었다.

"그러지 않아도 회기대 이십조로 사람을 보내려던 중이었
어요."

"그런가? 그럼 일을 잘 꾸몄다는 말이군."

무영의 눈이 반짝 빛을 발했다.

"그래요. 당신이 바라는 대로 자리는 만들어놓았어요. 이
제부터는 당신 하기에 달렸어요."

"잘했어. 기대 이상이야."

무영이 반가운 기색을 드러내며 표정 또한 밝아졌다.

온실 안의 화초라 생각했던 염예령인지라 큰 기대를 하지
않고 재촉을 하러 왔는데 염예령은 뜻밖에도 자신의 지시를
충실히 이행해 놓은 것이다.

밝아진 무영의 표정을 본 염예령의 가슴이 뛰었다. 그러나
그녀는 그런 내심을 조금도 내비치지 않으며 입술을 움직였다.

"혹시, 보석 세공하는 기술이 있으신가요?"

"그건 왜?"

무영이 의혹 어린 눈을 했다.

"모른다면 내일까지 배우세요. 당신 능력이라면 충분할 거라 생각해요."

염예령은 그동안 자신이 염호경에게 꾸며놓은 일을 간단하게 설명했다.

설명을 듣는 무영의 입가에 특유의 미소가 떠올랐다.

"그런 계책을 쓰다니… 앞으로 한 수 배워야겠군. 하하!"

무영은 정말 감탄했다는 표정으로 염예령을 쳐다보며 유쾌한 웃음을 흘렸다.

아침 햇살처럼 환하게 피어오르는 무영의 미소에 염예령은 단전에 힘을 주며 자신을 다잡았다.

"세공 기술은 있는 건가요?"

잠시 후 염예령이 걱정스런 표정으로 물었다.

무영이라면 충분히 그런 능력이 있을 것이란 가정하에 꾸민 일이었다. 그러나 무영이 그 방면에 있어 문외한이라면 무영을 대동하고 염호경을 찾아갈 구실이 없어진다.

"내일까지 익히면 되니까 그때까지는 어떻게든 해보세요."

무영이 잠시 생각에 잠기자 염예령이 한숨을 내쉬며 말했다.

그녀는 무영의 무응답을 문외한이란 대답으로 여긴 것이다.

"어떤 꽃을 좋아하지?"

갑자기 무영이 엉뚱한 질문을 던졌다.

"꽃은 왜?"

염예령이 눈살을 찌푸리며 반문했다.

세공 기술이 없다면 촌각을 다투어서라도 그것을 익혀야지 한가하게 꽃 타령을 할 때가 아니었다.

"대답이나 해."

무영이 딱딱하게 말했다.

"난 국화가 좋아요. 탐스럽게 핀 흰색의 국화."

염예령이 마지못해 답했다.

"흰 국화라……. 마침 어울리는 것이 있군."

이리저리 두리번거리던 무영이 몸을 일으켰다. 그리고는 다과실 구석에 장식된 수석을 집어 들었다.

그것은 돌산 모양을 한 하얀색 조약돌이었다.

언젠가 인근 계곡에 놀러 갔다가 염예령이 직접 주운 것인데 뾰족뾰족한 모양이 돌산을 닮아 집으로 가져왔다. 그리고 부친에게 부탁해서 좌대를 깎고 그것을 올려놓은 후 설산(雪山)이라 명명하며 장식을 한 것이었다.

"아마 흑수정도 이것만큼 딱딱하겠지?"

가운데 손가락으로 조약돌을 한 번 튕겨본 무영이 품속에 손을 넣어 작은 소도 하나를 꺼냈다.

염예령은 의구심 가득한 눈으로 무영의 하는 양을 지켜보고만 있었다.

삭—

사각—

마치 사과라도 깎는 듯한 부드러운 소리가 나며 딱딱하기 그지없는 흰 조약돌이 소도에 깎여 나가고 있었다.

"세상에……."

염예령이 불식간에 탄성을 토했지만 무영은 여전히 사과를 깎듯이 조약돌을 깎아나가고 있었다.

쇠처럼 단단한 조약돌을 저런 식으로 깎아나가려면 엄청난 공력이 필요할 것이다. 그런데도 무영은 인상 한 번 쓰지 않고 조약돌을 깎아나갔다.

삭—

사각—

이리저리 깎여 나가던 조약돌이 점점 형체를 띠기 시작했다.

"국화?"

염예령은 다시 감탄사를 토했다.

돌산 모양의 뾰족뾰족한 흰 조약돌은 어느새 한 송이 흰 국화꽃으로 변모해 가고 있었다.

탐스럽고 우아한 국화 송이!

그녀가 사랑하는 바로 그 꽃이었다.

"이만하면 될까?"

짧은 시간에 조약돌로 된 국화 한 송이를 피워 올린 무영은 빙긋 웃으며 염예령에게 내밀었다.

국화꽃 조각을 받아 든 염예령은 홀린 듯한 눈으로 조각을 쳐다보았다.

돌산처럼 거칠던 조약돌이 자기 그릇의 표면처럼 매끄럽게 조각되어 있었다. 그러면서도 살아 있는 국화꽃처럼 꽃잎의 세세한 굴곡까지 섬세하게 드러났다.

염예령은 자신도 모르게 국화꽃 조각에 코를 갖다 댔다.

너무나 생생하게 피어난 국화꽃에서 국화 향이 풍겨나는 것 같았기 때문이다.

"과장이 심하군."

무영이 피식 웃으며 말했다. 그러나 염예령은 듣지도 못한 듯 국화 조각에 심취해 있었다.

"국화를 좋아하나 봐요?"

잠시 후 냉정을 되찾은 염예령이 깊은 눈빛과 함께 물었다.

이런 식으로 살아 있는 듯한 국화를 조각한 사람이라면 당연히 그럴 것이다. 아니, 국화를 좋아하지 않고는 이런 조각을 할 수 없다.

"좋아하지. 하지만 이런 국화보다는… 야생인 들국화를 더 좋아하지."

"들국화?"

염예령의 눈이 어지럽게 흔들렸다.

이렇게 생동감 넘치는 국화를 조각한 사람이 들국화를 더 좋아하다니? 볼품없는 들국화가 어떻게 이런 국화와 비교가

된단 말인가?

"꽃송이가 아무리 커봐야 바둑알만 하고 색깔도 화려하지가 않지. 하지만 향기는 어떤 국화보다 강하지, 가을이 되면 온 들판이 들국화 향기로 가득 찰 정도로. 그곳에서⋯⋯."

무언가 말을 이어가려던 무영이 마치 금제된 추억을 떠올리던 사람처럼 얼른 입을 다물었다.

그의 눈이 우울하게 젖어들었다. 그러나 짧은 한숨과 함께 금세 원래의 표정으로 돌아왔다.

"차가 필요하겠군요?"

염예령이 조심스럽게 물었다.

피식—

무영이 특유의 웃음을 지었다.

"아무래도 한잔해야겠지? 이 방에 오면 감정 조절이 잘 안 되는군. 방이 문젠가, 방 주인이 문젠가?"

무영이 이리저리 방을 둘러보다가 염예령에게도 시선을 주었다.

염예령이 얼른 몸을 돌려 찻잔과 주담자를 가져왔다. 지금 무영의 눈빛을 마주할 자신이 없었다. 마주했다가는 속절없이 빨려들 것 같았다.

"아무래도 방이 문제군. 방 분위기가 자꾸 옛 기억을 되살려."

염예령의 막연한 기대를 무참하게 깨어버린 무영이 빙글

거리며 찻잔을 입으로 가져갔다.

'망할 인간!'

염예령은 쓴 입맛을 다시며 찻잔을 들었다.

"가야 할 시간이야."

몇 모금의 차를 더 들이켠 무영이 염예령을 보고 말했다.

"어딜 말인가요?"

염예령이 아쉬운 마음을 감추며 물었다. 아직 그의 찻잔엔 차가 남아 있었다.

"오늘 밤 할 일이 있어."

무영은 주저없이 자리에서 일어섰다.

낮은 한숨을 내쉰 염예령도 천천히 자리에서 일어났다.

"내일 아침을 먹은 후 시비를 보내겠어요. 그때 이리로 와서 같이 가요."

염예령이 무영과 염호경을 대면시켜 줄 약속 시간을 잡았다.

"좋아! 멋지게 성사시켰어. 그러고 보니 우린 호흡이 잘 맞는 것 같다는 생각이 들어."

무영이 빙긋 미소를 지으며 방문 밖으로 사라졌다.

第十五章

유인(誘引)

장흥관일

삐익— 삑—

삐삐삐— 삐익—

밤하늘의 정적을 가르며 새소리가 들렸다.

어딘지 다급한 듯하면서도 날카롭게 울려 퍼지는 소리는
마치 서둘러 둥지를 찾아가는 새가 토해내는 소리 같았다.

"오!"

촛불이 밝혀진 실내에서 불식간에 감탄사를 토한 노인이
얼른 몸을 일으켰다. 그리고는 두 손을 입에 모아 비슷한 새
소리를 뿜어냈다.

삐삐리—

삐삐삐— 삐익—

다시 화답의 새소리가 들려왔다.

틀림없는 정해진 신호음이었다.

소식이 올 때가 지났기에 그동안 노심초사하고 있었는데 오늘 저녁 비로소 신호음이 들려왔다.

노인은 벌떡 일어섰다. 그리고는 창문을 열고 신호음이 울린 방향으로 안력을 돋우었다.

멀리서 보아도 그녀가 분명했다.

복면을 쓰고 있었지만 그녀의 그 터질 듯한 몸매가 무복 위로 그대로 드러나 고목나무에 꽃이 피는 기분을 느끼게 했다.

그녀를 만난다는 사실에 조양방 오장로 송조격의 가슴은 더욱 세차게 뛰었다.

한때는 온 호북성이 좁다 하며 질풍노도처럼 휩쓸고 다녔지만 이제는 장로라는 허울 좋은 직함 하나만을 얻은 채 별채 한곳에서 소일하며 하루하루 고목나무처럼 말라가는 인생이었다.

그런 고목나무 같은 자신의 몸에 젊은 시절 못지않은 혈기와 싱싱한 수액을 흐르게 해주는 존재가 있다면 영혼이라도 팔 수 있을 것 같았다.

그런 존재가 바로 화설금이었다.

처음에는 그녀가 무황성의 사람인 줄 몰랐다.

단풍이 온 산을 물들이던 지난 가을, 무료함을 달래기 위해 나선 산행길에서 마주친, 발목을 다친 여인이었다.

송조격은 간단한 점혈법과 추나술로 삔 발목을 치료해 주었고, 감사의 표시로 산 아래에 있는 그녀의 거처에서 차를 한잔 대접받았다.

그렇게 시작된 인연은 시간이 지남에 따라 주체할 수 없이 깊어지게 되었다.

그녀의 말 한마디, 표정 한 가지, 사소한 몸동작 하나, 그 어느 것도 송조격의 가슴을 진탕시키지 않는 것이 없었다.

한참이 지난 후 그녀의 정체를 알았지만 앵속에 빠져들 듯 화설금에게 빠져든 송조격에게는 더 이상 그것이 문제될 것이 없었다. 아니, 그것을 문제 삼았다가는 더 이상 살아갈 낙이 없었다.

그녀를 위해서라면 영혼까지 팔아도 상관없다고 생각한 송조격이었기에 조양방을 파는 것은 문제가 아니었다.

송조격은 바깥의 동정을 살폈다.

이 시간에는 언제나 소무상(蘇戊尙)이라는 아이가 바깥에서 번을 서고 있다.

그 녀석은 오래전부터 자신의 은밀한 바깥나들이를 눈뜬 장님으로 일관하고 있다.

물론 그 대가로 봉급의 몇 배에 달하는 은자가 이따금씩 녀석의 손에 쥐어진다.

사교성도 없고 우직한 놈인지라 친하게 지내는 놈도 없었고, 그래서 비밀이 다른 놈들에게 흘러나갈 염려도 없었다.

원래부터 그렇게 충직했던 놈은 돈을 받은 후부터는 더욱 충직했다. 송조격의 지시에 의해 연달아 남의 근무 시간까지 번을 서는 것은 물론, 송조격이 필요한 날은 핑계를 대고 번을 바꾸어 서주는 요령까지도 터득했다.

스르르—

송조격은 조심스럽게 방문을 열었다.

어느 때와 마찬가지로 소무상이 눈뜬장님으로 다른 곳에 시선을 두고 있었다.

"누가 오거든 연공실에 들어갔으니 내일 다시 오라고 하거라."

송조격의 지시에 소무상은 미미하게 고개만 끄덕였다.

자칫 불경스러워 보일 수 있는 태도였지만 수다를 떨며 연신 굽실거리는 놈들보다 훨씬 믿음이 갔다.

"커흠!"

조급해지려는 마음을 다잡기 위해 헛기침을 한 송조격은 뒷짐을 진 채 천천히 쪽문 밖으로 나섰다.

삐이익— 삐익—

밖으로 나선 송조격을 보았는지 새소리가 다시 들렸다.

송조격은 고개를 들었다.

몸에 착 달라붙는 무복 위로 터질 듯이 드러나는 풍만한 여인의 몸매!

다시 보아도 화설금, 그녀였다.

휘익—

나뭇가지를 가볍게 박찬 그녀가 제비처럼 경공을 펼쳤다.

파앗—

송조격도 발끝으로 땅을 박찼다. 그리고 그녀가 이끄는 대로 방향을 잡았다.

두 사람의 밀회 장소는 항상 바뀌었다.

조심성 많은 그녀였기에 만날 때마다 장소를 바꾸었다. 그건 혹시 모를 미행을 사전에 차단하는 동시에 밀애의 장소를 노출시키지 않는 효과도 있었다.

휘리릭—

휘릭—

일정한 바람 소리가 한참 동안 울리며 두 사람은 꽤 먼 거리를 이동했다.

어느 순간 화설금의 경공 속도가 늦추어졌다. 그리고는 아래로 내려섰다.

송조격도 그녀를 따라 내려섰다.

두 사람은 차례로 호숫가의 한 공터에 내려섰다.

"이번에는 왜 이렇게 늦었느냐?"

숨을 고른 송조격이 낮은 목소리로 물었다.

"일이 좀 있었어요."

복면을 쓴 여인이 짤막하게 답했다.

짧은 문답이 이루어진 후 잠시 침묵이 이어졌다.

"이젠 그만 복면을 벗는 것이 어떠냐?"

송조격이 차분한 눈으로 여인을 바라보며 말했다.

"그래야겠지요. 제법 답답하군요."

여인이 웃음기 어린 목소리로 답했다.

여인의 대답을 들은 송조격이 흠칫 신형을 굳히며 여인을 쏘아보았다. 목소리에서 뭔가 이질감을 느낀 것이다.

번쩍!

송조격의 두 눈에서 쏟아지는 안광이 마치 맹수의 그것처럼 붉게 일렁거렸다.

"넌 화설금이 아니구나."

송조격이 얼음장같이 차가운 음성으로 말했다.

"이제야 그걸 알아차린 것을 보면 내가 보낸 신호가 정확했던 모양이군요. 하루 종일 연습했지만 자신이 없었거든요."

여인이 조롱하듯 미소를 지으며 제법 길게 설명을 했다.

"누구냐, 네년은?"

처음보다 훨씬 낮고 냉정해진 목소리가 주변을 얼릴 듯 번져 나갔다.

푸드득!

결코 크지 않은 목소리였지만 그 속에 실린 무거운 기파에 한참 떨어져 있던 숲 속에서 잠자리를 정해놓고 있던 새들이 급급히 허공으로 날아올랐다.

여인도 송조격의 목소리에 실린 기파에 놀랐는지 불식간에 두어 걸음 뒤로 물러섰다.

그러나 곧 자세를 다잡은 여인은 상체를 꼿꼿하게 펴고는 복면을 벗었다.

"네년은?"

송조격의 목소리가 파문처럼 흔들리며 퍼져 나갔다.

당혹스런 노인의 모습으로 보아 서로 안면이 있는 것 같았다. 그러면서도 이 자리에서 만난 것이 너무나 뜻밖인 것 같았다.

여인은 방주의 그림자 호위 중 한 명인 진설이었다.

"역시 방주란 말인가?"

송조격이 허탈한 음성으로 말하며 천천히 사방을 둘러보았다.

"방주는 어디 있느냐?"

송조격이 다시 번쩍 안광을 내뿜으며 물었다.

"방주님은 오늘 내가 여기 있다는 것도 모르세요. 그러니 애써 찾으려 하지 마세요."

진설이 다시 조롱기 섞인 목소리로 말했다.

"모른다고? 그럼 공야 장로?"

"그분도 마찬가지예요."

진설이 흐릿한 조소까지 피워 올리며 고개를 저었다.

"그렇다면 네년 혼자서 이곳까지 왔단 말이냐?"

송조격이 불신 가득한 눈으로 진설을 쏘아보았다.

칼날처럼 날카로운 송조격의 눈빛에 진설은 또다시 두어 걸음 뒤로 물러섰다. 그러나 무언가 단단히 믿는 구석이 있는 듯 진설은 아까처럼 이내 상체를 빳빳하게 세우며 송조격의 시선을 받아냈다.

"이제 그만 꺼내보도록 하거라, 네가 믿은 것이 무엇인지를."

송조격은 갑자기 차분해진 목소리로 진설을 향해 말했다.

"역시 오장로님이시군요. 순식간에 그렇게 변모하시는 모습을 보니……."

진설은 감탄했다는 표정으로 송조격을 바라보았다.

"하지만 예전에 비해 많이 둔감해지셨어요. 바로 뒤에 접근한 사람도 못 알아차리다니……."

진설이 송조격의 뒤로 시선을 주었다.

"요망한……."

진설이 술수를 부려 이 자리를 빠져나가려 한다고 짐작한 송조격이 눈살을 찌푸리며 노기를 드러냈다.

고함 소리가 끝나기도 전에 어느새 송조격의 손에는 새하얀 기류가 이글거리고 있었다.

"역시 노인들은 의심이 많아."

갑자기 등 뒤에서 들리는 목소리에 송조격은 헛바람을 들이키며 벼락 치듯 신형을 돌렸다. 그리고 거의 동시에 진설을 향해 뿌리려던 장력을 앞으로 쏟아부었다.

펑—

고막을 터뜨릴 듯한 폭음과 함께 어둠의 장막에 커다란 구멍이 뚫렸다가 도로 메워졌다.

"대체?"

송조격의 동공이 급격하게 확대되었다.

진설이 뒤를 보며 누군가의 존재를 말했을 땐 여우 같은 계집애의 술수라고만 생각했다. 단연코 등 뒤에는 아무런 기색이 느껴지지 않았다. 그런데 기절초풍할 지경으로 바로 등 뒤에서 목소리가 들려왔다. 그 즉시 펄쩍 뛰듯이 등을 돌리며 끌어올리고 있던 내력을 장력으로 뿌렸다.

설사 귀신이라 할지라도 그 장력에 맞아야 했고, 그렇지 못하다면 옷자락이라도 걸려야 했다.

그러나 장력에 걸린 것은 텅 빈 허공뿐이었다.

송조격은 다시 벼락 치듯 등을 돌렸다.

그의 노구가 학질에라도 걸린 것처럼 부르르 떨렸다.

등 뒤에서 들렸던 목소리의 주인공이 어느새 진설의 옆에서 여유로운 자세로 서 있었다.

노인도, 중년인도 아니었다.

달빛에 드러난 그의 용모는 아직 젖 냄새가 날 것 같은 애송이였다.

설마 저 애송이가 자신의 이목을 속이고 등 뒤에까지 접근을 하고 자신이 신형을 돌리던 그 수유의 순간에 다시 저곳으로 신형을 이동시켰다는 말인가?

송조격은 귀신을 보는 듯한 눈으로 무영을 계속 응시하기만 했다.

민망스러울 정도로 자신을 빤히 쳐다보는 송조격을 보며 무영이 인상을 썼다.

그리고는 진설을 향해 입을 열었다.

"남색 취향이 있는 노인네라고는 하지 않았잖소?"

무영의 말에 이번에는 진설이 와락 인상을 썼다.

이 인간은 어째 매사가 이 모양인가?

지금 이 판국에도 그런 생각을 떠올릴 수 있다는 것이 이해 불능이었다.

화설금의 모습으로 분장하고 송조격 장로를 이곳까지 유인하여 맞상대한 짧은 순간이 진설로서는 몇 년이라도 된 것처럼 길게 느껴졌다.

그의 쇄혼장은 황소만 한 바위라도 가루로 만들어 버린다는 말이 있었다.

만약에 중도에서 자신이 화설금이 아니라는 것을 알아채고 쇄혼장을 내뻗었다면 경공을 펼치던 육신이 땅에 떨어지기도 전에 숨이 먼저 끊어졌을 것이다.

그런 조마조마했던 자신의 마음은 아랑곳없이 이 인간은

냄새가 날 것 같은 농담을 하고 있다.

"이젠 적응할 때도 됐을 덴데?"

계속 인상을 쓰고 있는 진설을 보며 무영이 피식 웃었다.

진설은 한숨을 내쉬었다.

이 인간 말대로 자신이 적응되기는 할지 의문이었다. 아니, 정말 적응되어 이 인간을 닮아가면 어쩌나 오히려 그것이 걱정이었다.

그러나 진설의 그런 기막힌 심정과는 비교할 수 없을 정도로 기가 막힌 사람은 따로 있었다.

송조격이었다.

"네놈은 누구냐?"

한참 동안 이글거리는 안광으로 두 사람을 쳐다보던 송조격이 무영을 향해 물었다.

방주의 그림자인 진설이 이곳에 나타난 것으로 보아 방주의 계략인 줄 알았는데, 그것이 아니라면 진설 옆에 있는 어린놈의 흉계일지도 모른다는 생각이 들었다.

그러나 놈의 정체가 무엇인지는 도저히 감이 잡히지 않았다.

조양방 내에서는 그 누구도 자신의 이목을 속이고 자신의 등 뒤에까지 접근할 사람이 없었다. 그건 방주 염천기도 예외가 아니었다.

"회기대 이십조의 조원입니다."

무영이 자신의 무복을 가리키며 답했다.

"회기대 이십조?"

송조격의 눈썹이 발에 밟힌 송충이처럼 꿈틀거렸다.

"그렇습니다. 방소추 조장 밑에 속해 있지요."

무영이 조장의 이름까지 밝히며 다시 한 번 공손하게 답했다. 그러나 송조격이 방소추의 이름을 알 리 없었다. 그에게 있어서는 무영이 회기대 이십조의 조원이라는 사실만이 뇌리에 남았다.

"회기대의 대주도 조장도 아닌, 그것도 이십조의 조원이라……."

송조격이 무영을 바라보며 무영이 한 말을 되뇌었다.

"그렇다면 들어온 지 얼마 되지 않았겠군."

송조격이 무언가 짐작이 간다는 표정으로 고개를 끄덕였다.

늙은 생강이 맵다는 말처럼 그는 단번에 무영이 정체를 감추고 최근에 회기대에 숨어든 인원이라는 것을 짐작한 것이다.

"장로님의 송곳 같은 추리력에 놀라움을 금치 못하겠군요."

무영이 감탄스럽다는 표정을 지었다. 그리고 입술 끝을 슬쩍 비틀었다.

"그런 날카로운 이성을 소유한 분이 화설금의 미혼공은 어떻게 간파하지 못했을까요?"

무영의 신랄한 지적에 송조격은 아무런 대답도 하지 않고 차가운 눈으로 무영을 노려보기만 했다.

"표정을 보니 알면서도 당한 것 같군요."

이번에는 무영이 고개를 끄덕거렸다.

"중독되면 치명적인 위험에 빠진다는 것은 알지만 순간의 쾌락이 너무나 강하기에 거부하지 못하고 빠져드는 앵속처럼 화설금에게 빠지셨군요."

무영은 가볍게 혀를 찼다. 그리고는 표정 변화 하나 놓치지 않겠다는 듯 송조격을 뚫어져라 쳐다보았다.

잠시 동안 두 사람의 눈싸움이 이어졌다.

무영과 불꽃 튀는 시선을 마주하던 송조격이 천천히 입술을 움직였다.

"화설금은 어찌 되었느냐?"

낮게 가라앉은 목소리였다. 그리고 그 목소리 끝에 짙은 절망감이 어려 있었다.

화설금과 자신만이 아는 신호를 진설이 보낼 수 있었다는 것, 그리고 자신의 이목을 속이고 등 뒤에까지 접근할 만한 무위의 무영이 진설과 함께 나타났다는 것은 굳이 질문을 하지 않고도 사태를 파악할 수 있을 것 같았다. 그래서 그의 목소리가 절망으로 젖어든 것이다.

"다시는 미혼공을 펼치지 못할 겁니다."

무영이 차갑게 답했다.

"그래… 그렇구나……. 그렇게 되었구나. 어쩌다……."

송조격이 넋이 나간 듯 두서없이 중얼거렸다.

절망적인 목소리처럼 그의 눈동자에서도 순식간에 생기가 다 빠져나가고 공허한 기운이 그 자리를 대신 채웠다.

"결국 그렇게 되었어……. 허허허!"

텅 빈 웃음을 흘린 송조격은 아직도 믿을 수 없다는 듯 허공을 쳐다보았다.

무영은 묵묵히 송조격을 주시하고 있었다.

화설금이 더 이상 미혼공을 펼치지 못한다는 말을 들은 이후부터 급격히 변하는 송조격의 음성과 눈빛, 그리고 그 태도는 너무나 이질적이었다.

평소 신선 같던 모습으로 모든 일에 달관하던 자세와는 백팔십도로 달랐다.

무영은 송조격 장로를 저렇게 변모하게 만든 화설금이, 아니, 그녀를 사주한 위건화에 대해 적지 않은 경계심을 느꼈다.

대체 어떤 인간이기에 짧은 기간 안에 조양방에 대해 만년한철보다 더 굳건한 신심을 가진 장로들의 마음을 이렇게 허물어뜨릴 수 있단 말인가?

'조만간 만나게 되겠지.'

무영은 입술 끝을 비틀었다.

그와 연결된 가장 강력한 끈인 송조격 장로라는 끈을 끊어 버리고 나면 그는 자신 앞에 나타날 수밖에 없을 것이다.

혹시 자신이 송조격 장로라는 끈을 끊어버릴 것을 예상하고 송조격 장로의 처소에 거미줄을 칠 수도 있기에 역으로 함정을 파놓았지만 놈의 기색은 어디에서도 느껴지지 않았다.

화설금이 연락을 하지 못한 채 죽었기에 미처 짐작하지 못할 수도 있었고, 아니면 알고도 나타나지 않을 수도 있었다.

"아이야."

송조격 장로의 목소리에 무영은 상념을 접었다.

"말씀하십시오."

무영은 여전히 과장되게 공손한 자세로 송조격의 말을 받았다.

"그녀가 내게 어떤 존재였는지 아느냐?"

"어떤 존재였습니까?"

"허허!"

송조격이 잠시 말을 끊었다가 다시 이었다.

"조양방과도 바꿀 수 없는 존재였다."

송조격의 대답에 무영이 와락 눈살을 찌푸렸다. 순간 그의 눈에서 시퍼런 광채가 쏟아져 나왔다.

"어려서부터 노인들을 공경하라고 배웠기에 이런 말은 안 하려고 했는데… 정말 지랄을 떠시는군요."

갑작스런 무영의 독설에 송조격이 말문을 닫았다. 옆에 있

던 진설은 웃어야 할지 울어야 할지 모를 표정을 짓고 있었
다.

"진심도 아닌, 미혼공으로 홀리는 계집 하나가 평생을 바
쳐 이룬 조양방보다 더 중하다니, 노망이 든 게 확실하군요."

"갈!"

송조격이 고함을 질렀다. 그러나 무영의 표정은 조금도 바
뀌지 않았다.

"계속해서 떨어보십시오, 지랄을……."

무영은 여전히 공손한 어투로 독설을 내뱉었다.

"내 나이가 되어보면 알 것이다. 젊은 시절 한곳만 바라보
며 모든 것을 희생한 무모함이 얼마나 허망한 것인지를…….
그 보상받을 길 없는 허망함을 채워준 존재가 그 아이였다.
그 아이는……."

"더러운 방식으로 이용만 당했다는 생각은 안 해보셨는지
요?"

무영이 송조격의 말을 자르며 받아쳤다.

"이용이라도 좋고, 꼭두각시로 가지고 놀았다 해도 좋다.
평생을 바친 조양방이 내게 주지 못한 것을 그 아이는 단 며
칠 사이에 모두 채워주었다.

"그래서 방주까지 중독시켜 시한부 생명으로 만들었습니
까?"

무영의 눈이 번쩍 빛을 발했다.

"중독이라……. 그건 모르는 일이야. 하지만 방주가 시한부 생명이라니, 저승길이 외롭지는 않겠군."

이미 영혼을 팔고 악마와 손을 잡은 것이나 마찬가지인 송조격은 방주가 시한부 생명이라는 말에도 아무런 동요를 보이지 않았다. 그에게 있어서 조양방과 그에 따른 모든 것은 이미 악마의 아가리 속에 던져 넣은 제물에 불과했다. 그 제물의 대가로 얻은 화설금이 사라졌다는 사실만이 의미가 있을 뿐이었다.

"개만도 못한 인간!"

듣다 못한 진설이 찢어져라 고함을 지르며 송조격을 향해 검을 휘둘러 나갔다.

그녀의 검에서 어지러운 초식이 쏟아졌다. 그건 무영이 준 춘화책 속에 적혀 있던 그 검초였다.

이제 세 개까지 터득한 그녀의 검초는 당장에라도 송조격의 전신을 난자할 듯 쏟아졌다.

송조격이 잠시 놀란 눈을 하다가 신속하게 보법을 밟았다.

스스슥—

달빛 아래에서 송조격의 신형이 허깨비처럼 뒤로 물러났다. 그러나 진설은 기필코 죽이고야 말겠다는 듯 송조격을 따라붙었다.

"지금의 내 심정으로는 네 검에 베어져 그 아이 곁으로 가고 싶지만 최소한의 복수는 해주어야겠지. 그래야 그 아이가 조금은 덜 억울할 테니……."

바람처럼 물러나다가 우뚝 그 자리에서 신형을 멈춘 송조격이 오른손을 들어 올렸다.

퍼엉—

송조격의 우장에서 폭음이 터졌다.

그가 자랑하는 쇄혼장이었다.

황소만 한 바위라도 부순다는 힘이 서린 쇄혼장이 전신으로 덮쳐들자 사생결단을 낼 듯 짓쳐들던 진설이 주춤 움직임을 멈추었다.

자신이 뿌리는 검풍으로 송조격의 쇄혼장을 소멸시키기에는 아직 무리가 있었다. 무영이 건네준 검초를 다 익혔다면 가능할 것도 같았지만 지금은 여섯 초식 중 세 가지만 겨우 익힌 상태였다.

[좌에서 우로! 사선으로 잘라!]

무영의 전음이 진설의 귓전에 벼락이 치듯 떨어져 내렸다.

진설은 거의 반사적으로 검을 좌에서 우로 그어 내렸다.

쩌어엉—

마치 얼음벽이 깨어지는 것 같은 굉음이 울렸다. 그리고는 송조격의 쇄혼장이 갈라지며 진설의 좌우로 스쳐 나갔다.

파아앗—

갈라지며 스쳐 나간 쇄혼장이었지만 진설은 귀가 떨어져 나가는 듯한 압력을 받았다.

만약 방금 무영의 전음이 없었더라면 다 자르지 못한 장력으로 인해 심각한 내상을 입었을 것이다.

"그대 상대가 아니야!"

진설이 다시 검을 들어 올리려는 순간 무영이 엄한 경고와 함께 진설의 어깨를 뒤로 잡아당겼다.

"비키세요. 내 손으로 죽여 버리겠어요."

진설이 도리질을 치며 버텼다.

"내 손에 네가 먼저 죽을 수도 있다."

무영의 목소리에서 얼음장 같은 한기가 묻어 나왔다.

비로소 냉정을 되찾은 진설이 이를 빠드득 갈며 옆으로 물러섰다.

비록 만신창이가 되더라도 자신의 손으로 송조격의 팔 하나 정도는 자르고 싶었지만, 그건 만용일 뿐이었다. 또한 무영의 지시는 이제 그녀에게 방주의 지시만큼 무거웠다.

"정체가 무언지는 모르겠지만 화설금 그 아이의 제단에 네 놈 목을 얹어놓고 가고 싶구나."

송조격이 유부에서 울리는 듯한 목소리로 중얼거렸다.

화설금의 죽음을 인식한 후부터 텅 빈 듯하던 송조격의 목소리와 눈동자에는 지옥의 용암 같은 불길이 이글거리고 있었다.

"그만큼 나이를 잡수셨으면 공수래공수거라는 말을 알 듯도 한데……"

무영이 천천히 소매를 걷으며 품속으로 손을 집어넣었다.

그의 손에 화설금의 연검을 상대하려 처음 꺼냈던 옥피리가 들려 나왔다.

번쩍—

옥피리의 매끄러운 표면에 반사된 달빛이 칼날처럼 송조격의 눈으로 쏘아졌다.

"좋구나!"

송조격이 감탄사와 함께 고개를 끄덕였다.

그냥 아무렇게나 꺼내는 것 같은 옥피리는 어느새 사방을 막고 단 한 곳도 빈틈을 내보이지 않았다.

지금 이 순간 두 뼘 정도밖에 안 되어 보이는 옥피리가 대전의 기둥만큼 거대하게 느껴지며 사방을 막아오는 기분이 들었다.

송조격이 오른손을 들어 올렸다.

츠츠츠—

불꽃이 튀는 소리가 흘러나오며 송조격의 우장에서 새하얀 기운이 뭉쳐졌다.

아까보다 더 막강한 쇄혼장의 기운이었다.

육체를 부수고 혼백마저 분쇄시켜 버린다는 쇄혼장은 수석 장로 공야흠의 음풍쌍장에 버금가는 위력을 지니고 있다 했다.

공야흠의 음풍쌍장에 비해 그 운용이 능란하지 못한데다

너무도 직선적이고 고지식하여 제대로 된 위력을 발휘하진
못했지만 목표점에 가격되는 순간의 파괴력은 음풍쌍장보다
최소한 반 푼은 더 파괴적이었다.

슈아악—

혼백을 분쇄시키는 쇄혼장이 무영을 향해 폭사되었다.

그러나 무영은 조금도 움직이지 않고 그 자리에 우뚝 서 있
다가 쇄혼장이 전신을 덮친다고 생각되는 순간 옥피리를 앞
으로 쭈욱 뻗었다.

삐이익—

옥피리 끝에서 기이한 음향이 흘러나왔다.

그것은 흡사 가늘고 유연한 싸리 회초리가 바람을 가르는
소리 같았다.

그런 소리는 싸리 회초리를 세차게 휘둘러야 흘러나온다.
그런데 지금 무영의 피리는 앞으로 찌르는 자세에서 조금도
움직이지 않고 있는데도 그 피리 끝에서 바람이 찢기는 소리
가 흘러나오고 있었다.

전력을 다해 쇄혼장을 발출했던 송조격의 볼 살이 부르르
떨렸다.

진설이 언뜻 보기에는 조금도 움직이지 않은 채 고정되어
있는 것 같은 무영의 옥피리 끝이 무수한 떨림을 일으키며 흡
사 안개처럼 모호하게 실체를 흐리고 있었다. 그리고 그 모호
한 안개에 휩싸인 쇄혼장에 구멍이 생기고, 그 구멍은 무영의

몸에 이르러 커다란 동혈이 되었다.

그 동혈 속에서 무영은 유유자적 서 있었다.

"어린놈이……."

신음처럼 내뱉은 송조격이 두 손을 한꺼번에 들어 올렸다. 그리고는 동시에 쌍장을 세 번씩 흔들었다.

이른바 바람마저도 분쇄되고 만다는 쇄혼삼첩장(碎魂三疊掌)이었다.

쇄혼삼첩장이 양손에서 발출되어 육첩장으로 쇄도해 들었다.

이미 무영의 무위가 자신의 아래가 아니라고 판단한 송조격은 중간 단계의 초식을 생략하고 마지막 절초를 혼신의 힘으로 터뜨린 것이다.

콰아앙—

아까의 불꽃이 튀는 듯한 음향과는 달리 이번에는 여러 개의 포탄이 터지는 것 같은 폭음이 울려 나왔다. 그만큼 발출에서부터 강맹한 파괴력이 스며 있다는 말이다.

"후후!"

무영의 냉소가 폭음을 가르며 흘러나왔다.

뒤이어 바위를 때리는 더욱 큰 폭음이 밤하늘을 진동시켰다.

송조격의 볼 살이 또 한 번 떨렸다. 이번에는 너무 심하게 떨려 턱에 나 있는 수염까지 같이 떨리고 있었다.

처음 발출한 쇄혼장에 한 치의 움직임도 없이 맞섰던 무영
은 쇄혼삼첩장이 펼쳐지자 냉소와 함께 깃털처럼 가볍게 신
형을 날려 버린 것이다.

그로 인해 송조격의 최후 절기는 애꿎은 바위를 두드렸고,
바위가 여러 갈레로 금이 가며 원래의 형상을 잃어버리고 있
었다.

"아무리 강한 기운이라도 제대로 맞추지 못한다면 허튼 발
광밖에 더 되겠소?"

무영이 빙글거리며 송조격을 향해 비아냥거렸다.

극강한 파괴력을 내포하고 있었지만 그 운용이 능란하지
못한 것이 쇄혼장의 최대 약점이다. 그 약점을 순식간에 간파
한 무영은 너무나 간단하게 쇄혼삼첩장을 무력화시켜 버린
것이다.

"이 간교한 놈!"

무인이라면 정정당당히 맞서야 하고 끝까지 그렇게 승부
를 결해야 한다고 믿는 송조격은 어이없다 못해 허탈한 심정
이 되어 잡아먹을 듯 무영을 노려보았다.

"내가 간교한 것이 아니라 당신이 멍청한 것이오. 커다란
구멍을 메우지 못한 그물은 아무리 질기다 하더라도 눈먼 고
기밖에 잡지 못하는 법이지요. 물론 난 눈이 밝은 편이
고……."

무영이 다시 조소를 피워 올렸다.

송조격은 대꾸할 말을 찾지 못하고 이만 빠드득 갈았다.

눈먼 고기들이야 구멍을 찾지도 못할 것이고, 또 찾았다 하더라도 그 구멍까지 갈 엄두도 못 내고 잡히겠지만 그렇지 않은 고기는 절대로 그물에 걸리지 않을 것이다.

그것이 쇄혼장 최대의 약점인 줄 알고는 있었지만 아직까지 메우지 못했다. 그걸 메우려면 쇄혼장의 위력이 한참 줄어든다. 그것보다는 차라리 구멍 하나는 남겨놓더라도 파괴적인 위력을 내포한 쇄혼장을 택한 것이다.

하지만 고수들 앞에서는 그 한계를 드러내 조양방에서도 오장로의 위치에 머물게 했고, 지금도 여실히 드러난 것이다.

무인에게 있어 자신의 절기에 내재된 약점을 정확히 뚫어보는 상대를 만난 것만큼이나 기분 나쁜 일은 없을 것이다. 그런 상대를 만나면 기필코 없애고 싶어진다. 지금 송조격도 그런 생각에 온 영혼이 잠식당하고 있었다.

"이 여우 같은 놈!"

송조격은 씹어 먹을 듯 중얼거리며 다시 두 손을 들어 올렸다.

무영이 이번에도 피해 버리면 진력이 고갈되어 죽을 때까지라도 계속 장력을 뿌릴 생각이었다. 그러다 보면 한 개는 맞출 수도 있었다. 만약 맞추지 못한다면 자신이 죽을 것이다.

송조격은 우직하고 직선적인 성격대로 그때까지 갈 결심

을 하고 쌍장에 온 내력을 끌어올렸다.

"여우가 싫다면 이번에는 곰처럼 싸워주겠소. 그래야 미련 없이 떠날 수 있을 테니."

무영이 차가운 음성과 함께 옥피리를 품속에 넣었다. 그리고는 묵빛 철피리를 대신 끄집어냈다. 묵색 철피리를 본 송조격의 눈이 은은한 한광을 토했다.

한눈에 보아도 보통의 기물이 아닌 것 같았다. 옥피리도 보통의 물건은 아닌 듯 보였으나 묵색 철피리에 비할 바가 아니었다.

저런 묵빛을 뿜어내는 검이 있다면 그 검은 어떤 보검보다 무서울 터였다.

"하앗―!"

송조격이 두 손을 빠르게 흔들었다.

이번에도 역시 두 손에서 각각 터지는 쇄혼삼첩장이었다. 그리고 그것은 아까의 것보다 훨씬 강맹했다.

"노인이 기력도 좋으시오."

전신을 짓누를 듯 덮쳐 오는 쇄혼장을 보며 무영은 철피리를 짧게 사선으로 그어 내렸다.

삐이익―

예의 그 바람이 찢기는 소리가 흘러나왔다.

무영은 그어 내렸던 철피리를 이번에는 반대로 아래에서 위로 그어 올렸다.

파앙—

바람이 찢기는 소리 대신 폭음이 울렸다. 그리고는 두 겹의 쇄혼장이 안개처럼 흩어지며 소멸했다.

"하앗—"

기합성과 함께 무영은 철피리를 연속으로 찔러 나갔다.

팡—

파앙—

파팡—

폭음이 콩을 볶듯 다급하게 터져 나왔다.

그 폭음 속에서 쇄혼장이 갈기갈기 찢기며 허공으로 흩어지고 있었다.

"하앗—"

무영의 기합성이 다시 울렸다.

쇄혼장을 모두 걷어낸 철피리가 여의봉이라도 된 듯 송조격의 가슴을 찔러들었다.

송조격의 눈이 찢어질 듯 커졌다. 이런 간단한 움직임으로 자신의 최후 절기인 쇄혼삼첩장을 걷어내는 초식이 있으리라고는 생각지 못했다. 그것도 모자라 반격까지?

그러나 송조격의 불신에 찬 생각과는 달리 두 뼘 남짓의 묵빛 철피리는 거침없이 그의 가슴을 찔러들고 있었다.

파파파팡—

송조격이 미친 듯이 양손을 흔들었다. 순식간에 허공 가득

손 그림자가 난무했다. 이번에는 공격이 아닌 수비를 위한 필사적인 몸부림이었다.

손 그림자와 철피리가 부딪치기 직전 찔러들던 철피리가 갑자기 변화를 보였다.

철피리 끝이 모호해지더니 어느 순간 아수라의 모양을 만들어내고 있었다.

"어헉!"

양손을 흔들어 철피리를 때려가던 송조격이 경호성을 터뜨렸다.

아수라의 입에서 한가닥 핏줄기가 터져 나왔기 때문이다.

파앗!

혈선으로 변한 핏줄기가 송조격의 어깨를 찔러들었다.

송조격이 양손을 거두어들이며 필사적으로 상체를 틀어 가까스로 혈선을 피했다.

추아악—

날카로운 파공성과 함께 이번에는 다섯 가닥의 혈선이 비산하듯 터져 나왔다.

환상 같기도 하고 실체 같기도 한 혈선이었다.

핏물처럼 터져 나오는 혈선은 간단한 손짓 한 번에 흩어질 것 같으면서도 순간순간 칼날 같은 섬뜩함을 내비쳤다.

파아아앗—

한 개의 혈선이 심장을 파고들었다.

송조격은 세차게 혈선의 측면을 때려 나갔다.

혈선은 핏줄기가 아니라 서릿발 같은 강기였다. 그리고 그것은 그 어떤 검인보다 날카로웠다.

파앗―

불에 지진 듯한 통증과 함께 송조격의 손가락 하나가 허공으로 떠올랐다.

그것은 제법 큰 반지를 끼고 있는 송조격의 왼손 중지였다.

쏴아악―

중지가 잘려 나간 손가락 마디에서 진짜 혈선이 그려지며 강기로 된 혈선이 사라졌다.

"으음!"

송조격이 낮은 신음과 함께 선혈이 터져 나오는 손가락 마디를 감싸 쥐었다.

뜨끈하면서 끈적끈적한 핏물이 온 손바닥을 적셨다.

송조격은 우측 검지로 급히 왼쪽 손등과 손목의 혈을 두드려 지혈을 시켰다.

작은 분수처럼 터져 나오던 선혈은 멈추었지만 더 이상 이 손으로 쇄혼장을 펼칠 수는 없다. 그랬다가는 손이 터져 버릴 것이다.

이제는 오른손 하나만으로 외롭게 펼쳐야 할 것이다.

"이놈……."

묵빛 철피리에서 뻗어 나온 핏빛 강기에 손가락을 잃은 송조격은 살기 충천한 눈으로 무영을 쳐다보았다.

철피리를 장난처럼 손에 든 무영은 이상한 행동을 일삼고 있었다.

그는 자신의 철피리로 잘라낸 송조격의 손가락을 주워 마치 무슨 보석이라도 되는 양 조심스럽게 면포로 감쌌다. 그리고는 더욱 조심스럽게 품속에 갈무리했다.

송조격은 으스러져라 이를 갈았다.

'신체발부수지부모(身體髮膚受之父母)'라는 말과 같이 신체를 훼손하지 않는 것이 효도의 으뜸이라 했다. 그런 신체의 일부를 잃어버린 것도 기가 막힌 일인데 이젠 그걸 남에게 빼앗겨 버리기까지 했다.

격장지계라면 이만한 격장지계가 없었다.

송조격은 터질 듯한 분노를 오른손에 모두 모아 무영을 향해 뿌렸다.

콰아앙—

산이라도 무너뜨릴 폭음과 함께 세 개의 쇄혼장이 한꺼번에 몰려왔다.

"까닥하다간 눌린 오징어포 신세가 되겠군!"

다급한 음성으로 중얼거린 무영이 철피리를 뻗어 허공에 원을 그렸다.

일견 느리게 그려지는 것 같은 원은 철벽같은 기운을 내포한 채 앞으로 뻗어나갔다.

촤아악!

순간 비단 폭이 찢어지는 것 같은 기음이 쏟아졌다.

그 음향과 함께 바위라도 가루로 만들어 버릴 것 같은 쇄혼 장이 씻은 듯이 사라져 버렸다.

그것은 마치 세차게 떨어지는 물줄기가 거대한 연못 속에 삼켜져 버리는 것 같은 느낌이었다.

한 개의 기운 덩어리가 더 큰 기운에 삼켜져 버리는 현상!

송조격은 불신에 찬 눈으로 무영을 노려보았다.

손자뻘밖에 안 되는 애송이이다. 그런데 자신의 내력을 삼켜 버릴 정도의 공부가 되어 있단 말인가?

"믿을 수 없다."

송조격은 강하게 고개를 흔들며 다시 오른손을 들어 올렸다.

"믿든 안 믿든 그건 당신의 자유지만 당신의 행위는 절대로 용납될 수 없는 일……."

"하앗!"

송조격이 기합성을 터뜨리며 전신의 힘을 오른손에 모아 쇄혼장을 터뜨렸다.

퍼엉—

송조격의 쇄혼장이 거대한 물줄기처럼 무영을 향해 짓쳐 들었다.

진설이 눈을 부릅떴다. 조금 전 자신을 향해 터뜨리던 것과는 비교할 수 없이 강력한 쇄혼장이었다.

그것에 휩싸인다면 뼈와 근육이 모조리 부서지고 끊어질 것 같았다. 그러나 무영은 그 자리에 꼼짝도 않고 서 있었다.

철피리도 처음 꺼낸 자세 그대로 가슴 앞에 비스듬히 모아 들고 있었다.

어느 순간 무영이 철피리를 앞으로 쭈욱 뻗었다.

우웅—

철피리 끝에서 진동음이 일며 국그릇만 한 크기의 기류가 어렸다.

우우웅—

진동음이 연속적으로 울리며 국그릇 크기의 기류가 파문처럼 여러 개 퍼져나갔다.

그 파문 하나가 쇄혼장에 부딪쳤다.

파아앙—

고막을 찢는 폭음과 함께 해일처럼 몰려오던 쇄혼장이 그 자리에서 진행을 멈추었다.

콰아아—

두 기운이 부딪친 곳에서 흙먼지가 용권풍처럼 솟구쳐 올랐다. 뒤를 이어 작은 돌멩이들도 같이 솟구쳤다.

우우웅—

한층 더 무거운 진동음과 함께 철피리 끝에서 다시 기류의 파문이 일었다.

기류의 파문과 쇄혼장이 다시 부딪쳤다.

그런데 이번에는 고막을 찢는 듯한 파공음이 터져 나오지 않았다.

"우웃!"

송조격이 속으로 경호성을 삼켰다.

파문처럼 동그라미를 그리며 번져 나오던 기류가 온통 암흑으로 변해 있었다. 그것은 흡사 지옥의 입구인 듯 아가리를 커다랗게 벌리며 쇄혼장을 모조리 빨아들이고 있었다.

'이, 이것은… 수라흡혼(修羅吸魂)?'

송조격의 뇌리에 오래전에 잊혀졌던 기억 한가닥이 떠올랐다.

아주 오래전, 아마도 삼백 년도 더 이전에 세외에서 온 파황객(破荒客)이라는 무인이 있었고, 그가 뿌린 괴공이초 가운데 수라흡혼이라는 초식이 있었다고 들었다. 그는 그때 잠깐 나타났다가 사라져 버렸지만 그가 뿌린 수라흡혼의 위력이 워낙 가공해 아직도 회자되고 있다.

그 초식은 상대의 공력을 맞받아쳐서 상대를 쓰러뜨리는 것이 아니라 상대의 공력을 빨아들여 소멸시키고 더 나아가 상대의 육신과 혼령까지 빨아들인다고 했다. 그것에 걸리면 설령 바람이라도 빠져나가지 못한다고 했다.

'설마?'

자신의 쇄혼장이 흔적도 없이 암혈 속으로 빠져들어 가는 느낌을 받으며 송조격은 불신의 눈을 커다랗게 떴다.

설마 저 애송이가 자신의 내력을 월등히 능가하고, 그래서 주저없이 수라흡혼을 펼친단 말인가

아니, 그보다는 수백 년 전에 실전되었던 수라흡혼이라는 저주받은 무공이 저 애송이를 통해 현생했단 말인가?

그런 상념 속에서도 쇄혼장의 공력은 끊임없이 암흑 동굴 속으로 빨려들고 있었다.

"안 돼!"

송조격이 마침내 다급성을 터뜨렸다.

처음에는 방석만 하던 암흑 동굴이 점점 확대되더니, 이제는 다섯 명이 둘러앉아도 남을 정도의 큰 탁자만큼 커졌다. 그리고 그 커다란 암혈이 점점 가까이 다가오고 있었다.

파앗—

쇄혼장의 출수를 멈춘 송조격이 발끝에 힘을 주며 보법을 밟았다. 이젠 공격보다는 저 악마의 아가리 같은 암혈에서 벗어나는 게 급선무였다.

그런데!

암혈에서 뻗어 나온 강력한 흡입력이 온몸을 밧줄로 꽁꽁 묶은 듯이 속박하며 천천히 빨아들이고 있었다. 나아가 암혈은 아까보다 한층 더 확대되어 송조격의 시야에는 이제 시커먼 암흑밖에 들어오지 않았다.

파앗—

갑자기 핏물이 튀었다.

"크윽!"

송조격은 불식간에 신음을 터뜨렸다.

쇄혼장을 펼치느라 앞으로 내뻗었던 오른손의 손가락 두 개가 암혈 속으로 들어가며 흔적도 없이 분쇄된 것이다. 그리고 그곳에서 선혈이 튀어 올랐다. 하지만 그 선혈마저도 아래로 떨어지지 않고 모조리 암혈 속으로 빨려들고 있었다.

"아아악—"

송조격이 다시 비명을 질렀다.

손가락에 이어 이젠 팔목까지 완전히 동혈 속으로 빨려들어 갔고, 팔목이 분쇄되어 나간 곳에는 폭포수 같은 선혈과 함께 허연 뼈가 드러났다.

이건 저주받은 무공인 수라흡혼이 분명했다.

그 무공이 아니면 이런 잔인한 위력을 발휘할 수 없다.

그걸 뼈저리게 인식했지만 달라진 것은 없었다.

이젠 팔꿈치마저 사라졌다. 그리고 시야는 완전한 암흑에 가려 그것마저 보이지 않았다.

"으아악—"

암흑이 완전히 자신을 삼킨다는 것을 느낀 송조격은 처절한 비명을 질렀다.

잠시 후 그 비명마저도 사라지고 거대한 암흑 동굴은 식사를 마친 괴물의 아가리처럼 서서히 닫히고 있었다.

털썩!

옆에서 두 사람의 대결을 지켜보던 진설이 서 있을 힘을 잃고 바닥에 주저앉았다. 아직은 얼마 되지 않은 그녀의 견식으로 무영이 펼친 수라흡혼의 무공을 알지는 못했지만 그 가공할, 아니, 그 잔혹한 과정을 낱낱이 목격했다.

상대가 뿌린 공력은 물론, 그 상대의 육신까지도 집어삼키며 맷돌로 갈아놓은 듯 분쇄시켜 버리는 악마적인 무공!

태어나서 이렇게 처참한 죽음은 목격한 적이, 아니, 상상조차 해보지 못했다.

비록 땅바닥에는 선혈 한 방울 흘러내리지 않았지만 송조격의 최후는 너무도 처참했다.

육신이 저렇게 잔인하게 분쇄되었으니 영혼마저도 갈기갈기 찢기고 흩어져 구천을 헤매는 것조차 허용되지 않을 것 같았다.

진설은 눈을 들어 무영을 쳐다보았다.

아직까지 철피리를 앞으로 내밀고 있는 무영의 표정에는 한 점의 온기도 남아 있지 않았다.

'아수라!'

누군가 아수라의 표정을 그린다고 하면 저렇게 그리면 될 것 같았다.

시종 여유롭고 사람의 복장을 뒤집던 장난기는 한 올도 남아 있지 않았다. 지금 이 순간 그의 얼굴에는 마중마, 사중사의 기운만이 감돌고 있었다.

"후욱—"

무영이 긴 호흡을 토했다.

그리고는 앞으로 뻗었던 철피리를 아래로 내렸다.

비로소 무영의 얼굴에 한가닥 표정이 어렸다.

그 표정은 화섭자의 불빛이 어둠을 밀어내듯 순식간에 얼굴 전체로 번져 나갔다.

마치 가면을 바꿔 쓰듯 무영의 얼굴에 옛날의 표정이 되돌아왔다.

진설은 순간적으로 어느 것이 진짜 무영의 얼굴이고 어느 것이 가면인지 종잡을 수가 없었다.

"더러운 늙은이!"

한소리 중얼거림을 흘린 무영이 진설을 향해 고개를 돌렸다.

진설은 심장이 멎어버리는 것 같은 충격에 휩싸이며 앉은 채로 뒷걸음질을 쳤다.

무영이 무심한 눈길로 그녀를 쳐다보았다. 그리고는 입술 끝을 비틀었다.

"악마라는 말을 내뱉고 싶은 표정이군."

진설이 다시 뒷걸음질을 쳤다.

"그렇게 부르고 싶으면 그렇게 불러. 난 앞으로 그렇게 될 테니까."

무영이 천천히 신형을 돌렸다. 그리고는 주변을 찬찬히 훑었다.

어디에도 송조격의 흔적이 없는 것을 확인한 무영은 다시 진설을 쳐다보았다. 진설은 아직도 땅바닥에 엉덩이를 붙이고 있었다.

"그만 일어나는 게 좋을 거야. 내가 떠나고 나면 영혼마저 허공에 흩어져 구천을 떠도는 송 장로의 귀신이 널 덮칠지도 모르니까 말이야."

무영은 진설에게 슬쩍 겁을 준 후 등을 돌렸다. 그리고 주저없이 걸음을 옮겼다.

"가, 같이 가요!"

무영의 신형이 저만치 멀어져 가자 화들짝 놀란 진설이 몸을 벌떡 일으켰다. 무영의 말대로 시신마저 제대로 보전하지 못하고 허공에 흩어진 송조격이 금방이라도 나타날 것 같은 으스스한 기분이 든 것이다.

"살아 있는 악마보다 죽은 귀신이 더 무서운 모양이군."

진설이 옆으로 달려왔을 때 무영이 피식 웃으며 말했다.

"미안해요. 아까 본 얼굴이… 너무 무서웠어요."

진설은 무영이 눈치채지 못하게 진저리를 치며 사과했다. 솔직한 심정으로는 무서웠다는 말 대신 악마의 화신 같았다고 하고 싶었다.

"아직 많이 부족하다는 말이군."

진설의 말을 들은 무영이 갑자기 걸음을 멈추고 무언가 생각하다가 의미 모를 소리를 중얼거렸다.

"뭐가 부족하다는 건가요?"

진설이 조심스럽게 물었다.

"그 무공을 펼치려면 어떤 기공을 끌어올려야 하고, 온몸이 그 기운에 휩싸이면 얼굴마저도 그렇게 변하지. 하지만 그건 내가 바라는 모습이 아니야. 백도의 더러운 위선자들을 상대하려면 아무런 표정 없이, 아니, 득도한 고승처럼 온화한 표정으로, 네 살짜리 아이처럼 천진하게 웃으면서도 펼칠 수 있어야 해. 그래야 그놈들을 상대할 수 있어."

무영은 한층 더 높게 떠오른 달을 쳐다보며 한껏 숨을 들이켰다.

사위를 밝히는 차가운 달빛이 무영의 전신으로 모두 빨려드는 것 같았다.

第十六章
중독(中毒)의 경로(經路)

장흥관일

딸그락!

딸그락!

다탁 위에 찻잔을 들었다 내려놓는 염호경의 손이 자꾸만 허방을 짚고 있었다.

한 번에 손잡이를 잡지 못하고 잔을 엎지를 뻔했는가 하면, 마신 잔을 가볍게 내려놓지 못하고 다탁에 세차게 부딪치는 소리를 내기도 했다.

염예령이 세공을 잘하는 사람이라고 데려온 사내 때문이었다.

닷새 안에 영사비격 검결을 전해주면 흑수정은 물론, 세공

사까지 소개해 주겠다는 약속을 받고 검결을 전해주고 있었다. 그런데 오늘 드디어 염예령이 흑수정을 세공해 줄 세공사를 데리고 왔다.

고대하고 고대하던 흑수정이 드디어 자신의 것이 된다는 사실이 온 가슴을 설레게 했다.

그 새까만 흑수정을 장미 모양으로 세공하여 목걸이로 만들어 걸면 길고 흰 자신의 목은 훨씬 돋보이게 될 것이다. 아울러 그 진한 묵색의 광채는 자신의 용모마저 은은하게 묵광으로 물들여 신비감마저 깃들게 할 터였다.

그런데 지금은 그것이 문제가 아니었다.

정작 염호경의 가슴을 진탕시키고 있는 존재는 따로 있었다.

뛰어난 세공 기술을 가지고 있다며 염예령이 데리고 온 사내!

염호경은 지금 그 사내에게 온통 마음을 빼앗기고 있었다.

염예령을 뒤따라 자신의 처소 정문을 들어서는 순간부터 숨이 턱 막히는 기분이었다.

회색 무복을 단정하게 차려입은 것으로 보아서는 외부인이 아니라 회기대 소속의 무사임이 분명했다. 그리고 가슴에 새겨진 숫자로 보아 제일 말석 조인 이십조의 무사였다.

여섯 전투 부대 중 제일 후미 조의 제일 말석 조에 속한 청년이었다.

평소의 태도대로라면 염호경은 발아래로도 쳐다보지 않을 신분의 사내였다.

그녀가 그나마 눈길을 주고 짧으나마 대화를 섞는 상대라면 각 대의 대주들이나 조장 정도였다. 조장 중에서도 흑기대와 적기대의 선두 조가 아니면 의도적으로 눈길도 주지 않았다.

그런데 지금은 도저히 그럴 수가 없었다.

염예령의 지시에 따라 다과실 한쪽 탁자에서 여러 가지 연장을 꺼내놓고 진중한 눈길로 흑수정을 쳐다보고 있는 청년은 회기대 이십조에는 절대로 어울리지 않는, 아니, 절대로 회기대 이십조에 있어서는 안 될 청년 같았다.

묵묵히 자기 일만 하며 흑수정에 열중하고 있었지만 여인의 그것처럼 하얀 얼굴에 그린 듯한 눈썹과 부드럽게 다물린 입술!

하지만 무엇보다 처음 처소로 들어설 때 우연히 마주친 우수에 젖은 눈빛은 영혼마저 송두리째 빨아들일 듯했다.

염호경은 다시 찻잔을 입 가까이에 가져가며 무영의 모습을 훔쳐보았다.

여전히 무영은 탁자 위에 펼쳐 놓은 종이에 그려진 그림과 흑수정을 번갈아 쳐다보며 자신의 일에만 열중하고 있었다.

'대체 언제부터 저런 사내가 조양방에 있었던 것이지?'

염호경은 자신의 기억을 되살려 보았다.

조양방의 모든 청년 무사들이 자신을 쳐다보고 있을 거란 생각을 하고 있는 염호경은 자신 역시 그렇게 하고 있었다.

하급무사에게는 눈길도 주지 않는 척하며 볼 건 다 보고 다녔다.

사실대로 말한다면 그녀는 오히려 하급무사들에게 더 많은 관심을 두고 다녔다.

상급자로 갈수록 나이가 들었고 대부분은 기혼남이었다. 반면 하급무사들일수록 젊고 싱싱한 총각들이 많았다.

염호경은 그들을 발아래로 쳐다보는 것 같은 태도를 취했지만 실상은 그들의 시선을 한 몸에 받는 것을 가장 기꺼워했다. 그랬기에 웬만한 청년 무사들은 머릿속에 꿰차고 있었는데 무영의 모습은 기억의 그 어느 구석에도 없었다.

자신은 한 번도 본 적이 없는 무영을 염예령이 먼저 알고 이렇게 자신의 처소에까지 데려온 것이 팔짝 뛸 정도로 열 받는 일이었지만 뭐, 상관없었다.

염예령은 단순히 자신에게 소개를 시켜주는 입장이지만 지금부터 자신은 일을 시키는 보석 주인의 입장이 아닌가?

흑수정이야 뭉텅뭉텅 깎여 나가 애초에는 메추리알만 한 것이 콩알만 해진다 해도 요구 사항을 까다롭게 하면 오래도록 독점을 할 수 있다. 그러면 소개를 해주는 정도의 관계인 염예령과는 비교도 안 되는 친분을 쌓을 수 있는 것이다.

"너무 어려운 작업인가요?"

염호경은 뛰는 가슴을 가라앉히며 애써 무감동한 어조로 무영을 향해 질문을 던졌다.

'멍청한 밥통!'

구실을 만들어 이젠 노골적으로 무영에게 시선을 고정시키고 있는 염호경을 보며 염예령은 속으로 콧방귀를 뀌었다.

무영을 처음 본 순간부터 정신을 못 차리는 염호경의 태도가 이젠 구역질이 날 정도였다.

저 병신은 이 자리가 치밀한 각본에 의해 만들어진 자리라는 것은 꿈에도 생각지 못할 것이다. 또한 무영이 자신과 마찬가지로 염호경을 밥맛으로 생각하고 있다는 것도…….

그런 비웃음과 함께 염예령도 무영을 쳐다보았다.

"그렇게 어려운 모양은 아닌데, 원석이 너무 질이 좋은 것이라서 세공에 시간이 좀 걸리겠습니다."

무영이 흑수정을 이리저리 돌려보며 신중하게 답했다.

무영의 대답을 들은 염호경의 입이 불식간에 옆으로 찢어질 듯하다가 얼른 다물어졌다.

원석의 질이 좋다는 말이 우선 마음에 들었다. 그러나 그보다 더 마음에 드는 것은 시간이 많이 걸릴 것 같다는 말이었다.

어려운 조건을 내걸어 일부러라도 시간을 많이 걸리게 할 생각이었는데 알아서 시간이 많이 걸리겠다고 하니 보석의 크기를 줄이지 않고도 무영을 최대한 붙잡아둘 수 있어 일거

양득이었다.

"시간에 구애받지 말고 천천히 신중하게 작업하세요. 자칫 서두르다 망치는 건 바라지 않아요."

염호경은 '천천히'라는 말을 특히 강조하며 지시했다.

'병신!'

염예령은 또 한 번 속으로 비웃음을 흘렸다.

마음만 먹는다면 무영은 단 일각 만에 염호경이 원하는 모양대로 세공을 끝낼 것이다. 흑수정 못지않게 견고한 조약돌도 순식간에 국화꽃을 조각해 내는 무영이었다. 그런 무영이 시간을 끈다는 것은 그만큼 꿍꿍이속이 있다는 것인데 밥통은 그것도 모르고 입이 찢어지려 하고 있었다.

실수를 느낀 염호경이 얼른 입을 다물어 버렸지만 그걸 눈치 못 챌 자신이 아니었다.

비웃음을 삼킨 염예령은 무영이 무엇 때문에 이런 자리를 만들라고 했는지 그것이 궁금했다. 그러면서 알 수 없는 역정 한가닥이 치밀어 올랐다.

처음부터 꿍꿍이속을 가지고 이런 자리를 만들었지만 이 밥맛과 무영이 한동안 함께 자리한다는 것이 왠지 싫었다.

아마도 무영은 곧 자신을 배제한 염호경과 단둘이 있을 시간을 만들 것 같았다. 그걸 위해 이 자리를 만들었을 테니까.

[이쯤이면 자리를 비켜주는 게 순서가 아닐까?]

그녀의 마음을 읽기라도 한 듯 무영의 전음이 염예령의 귓전을 때렸다.

　[무슨 말이죠?]

　염예령은 전혀 짐작이 안 간다는 투로 전음을 날렸다.

　무영에 정신이 뺏긴 염호경은 옆에 있는 염예령이 전음을
날리는 것을 전혀 눈치 채지 못하고 눈만 반짝거리고 있었다.

　[알면서 뭘 물어?]

　무영이 다시 전음을 날렸다. 무슨 수를 썼는지 그는 입술도
움직이지 않고 전음을 날리고 있었다.

　[난 아무것도 모르겠어요.]

　염예령이 딴전을 피웠다.

　[시간없어!]

　무영이 짤막하게 다그쳤다.

　[둘만 있으면 뭘 할 생각이죠?]

　염예령은 약간은 뾰족한 음성으로 전음을 날렸다.

　[글쎄……. 나한테 홀딱 빠진 거 같으니 침대에라도 끌고
갈까 생각 중인데…….]

　[죽여 버릴 거예요.]

　[왜? 밥맛이라면서?]

　[그래도 그렇게 더럽게 이용당하는 건 바라지 않아요.]

　[더럽다니? 누이 좋고 매부 좋은 일인데.]

　무영이 느물거렸다.

　[닥쳐요!]

[자리나 비켜줘. 나도 이런 밥통은 수레로 실어다 줘도 싫어.]

밥맛에 이어 이젠 밥통이라는 표현마저 자신과 공감하고 있는 무영을 보며 마음이 슬며시 풀린 염예령은 천천히 자리에서 일어섰다.

"왜? 어딜 가려고?"

넋을 놓고 무영을 쳐다보던 염호경이 비로소 고개를 돌리며 염예령을 쳐다보았다.

"그걸 꼭 물어야 해?"

염예령이 눈살을 찌푸리며 염호경을 흘겨보았다. 뒷간에 갔다 오겠다는 간접적인 표현이었다.

"응? 으응… 갔다 와!"

염호경이 고개를 끄덕였다. 그런 그녀의 볼이 순식간에 발갛게 물들고 있었다.

'밥통!'

속으로 야멸치게 중얼거린 염예령이 밖으로 나갔다.

쓱!

싹!

염예령이 자리를 뜬 후 무영은 여전히 자신의 일에 몰두한 척 종이 위에 부지런히 그림을 그리고 있었다.

그림은 장미꽃을 여러 각도에서 그린 모양으로, 누가 보아도 유능한 세공사로 여길 만한 솜씨였다.

“후우—”

어느 순간 긴 한숨을 내쉰 무영이 이마에 흐른 땀을 닦았다. 그리고는 고개를 들어 다탁 위에 있는 찻잔을 바라보았다.

무영을 뚫어져라 쳐다보고 있던 염호경이 화들짝 놀라며 고개를 돌리다가 무영의 눈길이 자신을 향하지 않는다는 것을 알고는 가슴을 쓸었다.

“목이 마르신 모양이군요. 이리 와서 차 한잔하세요. 과도한 긴장은 실수를 유발시키니까요.”

무영의 눈길이 찻잔에 닿은 것을 알아챈 염호경이 주담자의 손잡이를 잡으며 말했다.

“아니, 괜찮습니다.”

무영이 주저하는 자세를 취했다. 그건 최후미 조인 회기대 말석 조 조원에 너무나 어울리는 모습이었다.

“어서 와요. 세공 잘하라고 선심 쓰는 것이니까요.”

염호경이 최대한 예쁘게 미소를 지으며 찻잔에 차를 따랐다.

“고맙습니다.”

무영이 허리까지 숙이며 다탁으로 다가와 찻잔을 잡았다.

“앉아서 마시세요. 안 잡아가요.”

서서 찻잔만 들어 올리는 무영을 보며 염호경이 자리를 권했다.

무영이 다시 한 번 고개를 숙이고는 주춤거리며 의자에 앉았다.

그런 주눅 든 무영의 모습에 염호경은 손톱만큼의 경계심도 가지지 못했다. 오히려 느긋한 마음이 되어 도마 위의 생선을 바라보듯 무영을 내려다보기까지 하는 마음이 되었다.

"언제 조양방에 들어왔나요?"

무영이 차를 한 잔 마신 후 염호경이 물었다.

"반년 조금 더 되었습니다."

무영이 잠시 생각하다가 답했다.

"그런데 왜 한 번도 못 봤을까요?"

염호경은 속으로 자신의 부주의를 탓하며 말했다.

"그 기간의 대부분은 외성과 내성의 경비무사로 있었습니다. 회기대에 들어온 지는 얼마 되지 않았습니다."

'그럼 그렇지.'

염호경은 불식간에 고개를 끄덕였다.

자신의 주의력이 무뎌진 것이 아니었다. 성내로 들어온 지 얼마 되지 않은 것이다.

"그럼 이곳에 오기 전에는 어디에 있었나요?"

염호경이 다시 질문을 던졌다.

"이곳저곳 떠돌았습니다."

무영이 짤막하게 답하고는 찻잔을 입으로 가져갔다.

최소한의 대답만 짤막하게 하는 무영으로 인해 자연스레

대화가 끊어졌다. 그건 절대로 염호경이 원하는 바가 아니었다.

잠시 염두를 굴린 그녀가 다시 입을 열었다.

"세공비는 얼마나 드리면 될까요?"

염호경의 말에 무영이 언뜻 고개를 들어 염호경을 쳐다보았다.

"그건… 안 주셔도……."

"그래서는 안 되지요. 일을 시켰으면 보수를 주어야지요."

염호경이 다시 최대한 상냥한 미소를 지었다.

무영이 천천히 고개를 들었다. 그의 눈이 반짝 빛을 뿜었다.

"그건 필요없고… 그래도 주고 싶다면 내 질문에 성실히 답변을 해주면 된다."

갑자기 무영의 말투가 지극히 사무적으로, 아니, 부하를 대하는 상관처럼 바뀌었다.

"질문… 하세요."

염호경이 멍한 눈빛으로 답했다. 그녀의 눈은 어느새 초점을 잃고 있었다.

"부친에 대해서 물어볼 것이 있는데… 최근 가장 자주 만나는 장로는?"

"오장로"

"그럼 대주들은?"

“흑기대주와 적기, 황기대주를 자주 만났어요.”

“그런가? 그럼 네 가족들 중에서 할아버지와 가장 자주 만나는 사람은 누구지?”

무영은 여전히 차가운 목소리로 질문을 던졌다. 그리고 그 차가운 목소리에는 은은한 울림이 있었다.

보통 인간의 음성으로는 내기 힘든 공명음!

그 공명음이 염호경의 이지를 완벽히 통제하고 있는 것이다.

“할아버지와 가장 자주 만난 사람은…….”

염호경이 뭔가 떠오르지 않는 듯 말을 멈추었다.

“누구지?”

무영이 차갑게 다그쳤다.

“저예요.”

염호경의 입에서 뜻밖의 대답이 흘러나오자 무영이 눈 사이를 좁혔다.

“왜 그렇게 자주 만났지?”

잠시 생각에 잠겼던 무영이 다시 물었다.

“할아버지가 여우를 더 좋아하는 것 같아… 내가 더 가까워지기 위해…….”

“여우? 염예령 말인가?”

“그래요!”

“할아버지를 만나서 하는 일은?”

"할아버지께서 좋아하시는 차를 달여 드렸어요."

"그 차는 어디서 났지?"

무영의 질문이 조금씩 빨라졌다.

"할아버지 다탁에 있던 거예요."

"네가 가져간 것이 아니란 말인가?"

무영의 얼굴에 강한 의혹이 어렸다. 뭔가 자신의 예상과 어긋나고 있다는 표정이었다.

"아니에요!"

염호경이 천천히 고개를 흔들었다.

"네가 할아버지의 찻잔 속에 넣은 것은 무엇이지?"

무영의 목소리에서 울리는 공명음이 아까보다 더 강해졌다. 그에 따라 염호경의 눈빛은 더욱 흐려져 갔다.

"아무것도……."

염호경의 목소리가 억양없이 흘러나왔다.

무영의 얼굴에 난감한 기색이 떠올랐다.

방주를 가장 자주 만나는 사람이 자신이란 염호경의 대답을 들은 후 어떤 확신이 일었는데 그것이 와르르 무너진 때문이었다.

"그대로 가만히 있어!"

염호경에게 지시를 내린 무영은 긴 호흡과 함께 공력을 끌어올렸다.

수라현현기공(修羅玄玄氣功)!

인간의 오감을 극대화시키는 신공이었다.

그 신공을 펼치면 귀식대법을 펼치는 사람마저도 감지할 수 있다.

서서히 무영의 눈이 기광을 토했다. 그 상태에서 무영은 온 신경을 곤두세워 주변을 살폈다. 그리고는 다시 염호경의 전신을 살폈다.

어느 순간 무영의 눈이 시린 광채를 뿜었다.

"할아버지에게 차를 따라 드리는 일 말고는 뭘 했지?"

무영의 목소리가 다시 울렸다.

"어깨를 주물러 드렸어요."

"그랬군. 아주 효녀, 아니, 효손이었군. 그런데 말이야……."

무영이 차가운 눈으로 염호경의 손을 쳐다보며 말을 이었다.

"그런데… 그 반지는 어디서 났지?"

무영이 다시 질문을 던졌다.

"아버지께서 선물로 주신 거예요."

"언제?"

"몇 달 전에……."

"그렇군!"

무영이 차가운 미소와 함께 고개를 끄덕였다.

"그 반지를 낀 손으로 아주 시원하게 할아버지의 어깨와

목덜미를 꼭꼭 주물러 주었단 말이군. 정말 효손이야. 아주
훌륭한 집안이야."

　무영의 입꼬리가 비틀리며 비릿한 조소가 피어올랐다.

　"이제 그 반지는 나에게 선물로 주어야겠다."

　무영의 지시에 염호경이 반지를 빼내어 무영에게 건네주
었다.

　반지를 건네받은 무영은 새끼손가락에 그것을 끼웠다.

　"딱 맞아! 여자의 무명지에 낀 반지가 남자의 약지에 딱 맞
으면 찰떡궁합이라던데, 그대가 나하고 찰떡궁합이란 말인
가?"

　무영이 피식 웃었다.

　"어디?"

　입꼬리에 묻은 미소를 지워 버린 무영이 손을 구부려 안마
를 하듯 손가락에 힘을 주었다.

　처음에는 아무런 변화도 없었다. 그러나 스무 번 정도 그렇
게 반복하자 반지에서 가느다란 연기 같은 하얀 가루 한 줄기
가 착각인 듯 뿜어져 나왔다.

　그것은 안력을 집중해서 보고 있지 않으면 도저히 감지할
수 없을 정도로 미세하고 순간적이었다.

　파앗—

　무영은 빠르게 손을 움직여 그 가루를 검지 끝에 가두었다.

　무영은 검지 끝을 천천히 눈앞으로 가져왔다. 그러나 그 어

느 곳에도 가루의 흔적은 보이지 않았다. 그만큼 미세한 양이었다.

무영은 천천히 검지 끝을 혀에 갖다 댔다.

비로소 이질적인 맛 한 가지가 혀끝에 느껴졌다.

명차를 음미하듯 무영은 그 맛을 음미하며 목구멍 속으로 삼켰다.

아무런 느낌이 일지 않았다.

어지럽지도 정신이 혼미하지도, 반대로 정신이 맑아지는 느낌도 들지 않았다.

그야말로 아무런 느낌이 없었다.

"하긴!"

무영이 고개를 끄덕였다.

그렇게 처음부터 낌새가 느껴지는 독이면 아무도 만성적으로 중독되지 않을 것이다.

아무도 눈치채지 못하게 아주 조금씩 일정 기간 동안 축적되어 어느 순간 그 독성을 나타내는 독이라야만 조양방주 같은 사람을 속수무책으로 중독시킬 수 있을 것이다.

고개를 절레절레 흔든 무영은 다시 반지를 낀 손가락에 힘을 주었다.

그러나 반지에서는 아무런 변화가 없었다.

무영은 다시 힘을 주었다.

다시 스무 번 정도를 반복했을 때 반지 안쪽 표면에서 미세한 가루가 보일 듯 말 듯 뿜어져 나왔다.

"정말 기가 막히는군. 귀신도 울고 갈 솜씨야."

무영은 진심 어린 찬탄사를 토했다.

이건 안마를 받는 사람을 위해 특별히 만들어진 반지였다.

안마의 특성상 한두 번으로 끝나지 않고 한참 동안 반복된다. 그렇게 반복되었을 때 비로소 독이 뿜어져 나와 피부를 통해 스며들었을 것이다. 그리고 안마를 하지 않을 때는 아무런 위험성이 없는 반지였다. 평소 생활에 있어서는 안마와 같은 동작을 수십 번씩 반복할 일이 없기에 반지를 낀 사람에게는 아무런 해를 주지 않은 것이다.

기막힌 우연으로 반지를 낀 사람이 남보다 자신의 팔다리나 어깨를 더 열심히 주물렀다면 중독시키려는 사람보다 먼저 죽을 수도 있겠지만 새파란 나이의 염호경에게 그런 위험성은 없었을 것이다.

"이것도 네 솜씨냐, 위건화?"

무영은 헛웃음은 토하며 중얼거렸다.

염예령에게 밀리지 않기 위해 할아버지에게 온갖 아양을 떠는 염호경의 행동을 파악하고 그에 따른 가장 적절하면서도 교묘한 방식으로 염천기를 중독시키는 솜씨는 소름이 끼칠 정도였다.

무영의 존재를 탐지해 낼 만큼 대단한 염천기였기에 그동안 자신이 어떻게 중독되었는지 온갖 수단을 강구해 봤지만 그것을 밝혀내지 못한 데는 이유가 있었다. 그는 분명히 자신에게 음식을 만들어 주는 모든 사람을 조사해 보았을 것이고, 어쩌면 자주 자신에게 차를 타주는 염호경과 염예령도 의심을 해보았을지도 모른다.

하지만 안마를 해주는 염호경의 반지에서 독이 투입된 것은 찾지 못한 모양이었다.

무영 역시 그동안 온갖 방법으로 염천기에게 독이 투입된 경로를 알고자 했지만 도저히 찾지 못했다.

그래서 여러 가지 단서들을 통해 답을 찾아가는 귀납적 추론을 포기하고 직관에 의한 연역적 추론을 택했다.

방주와 가장 가까운 위치에 있으면서 가장 개연성이 짙은 인물!

바로 둘째 아들 염지검이었다.

그의 움직임과 그 가족들의 움직임을 통해 독의 투입 경로를 찾고자 염호경을 이용한 것인데 뜻밖에도 그 경로가 염호경 자신이었고, 그 방법이 기묘했다.

"위건화… 아니, 무황성! 마련과 사도맹이 무너진 것이 절대로 우연은 아니군. 인정하지. 인정할 수밖에 없어. 정말 대단해. 후후후!"

무영이 스산한 웃음을 터뜨렸다.

그동안 무황성은 내부 정리를 하느라 그 힘을 성안에만 감추고 있어 그들의 진면목을 제대로 알 수 없었다.

그것은 마련과 사도맹은 물론이고, 구파일방을 비롯한 정파의 제 문파 역시 마찬가지였다.

그들이 걸어 잠그고 있었던 성문 안에 어떤 힘이 도사리고 있었는지, 예전에 비해 한층 더 새로워진 그들은 또 어떤 힘을 비축하고 있는지 제대로 파악하고 있는 사람이 없다.

마련과 사도맹이 궤멸된 상황에서 그들의 힘에 대적하려면 어느 정도가 되어야 할까?

모든 흑도가 하나로 뭉치는 흑도연맹이 탄생해야 가능할 것이다. 거기에다 구파일방을 비롯한 백도가 중립을 지켜야 한다는 전제하에……

그것을 미연에 막기 위해 무황성은 흑도 세력인 사천의 천가보를 무너뜨리고 호북의 조양방을 무너뜨리려 하고 있는 것이리라.

"후후후! 무황성, 그리고 무황성주 단목상군……"

무영이 다시 스산한 웃음을 흘렸다.

그 웃음소리에 정신을 놓고 있던 염호경이 움찔거리며 상체를 떨었다.

"이런, 이런! 나하고 찰떡궁합인 여인을 너무 오래 방치했군."

혀를 찬 무영은 다시 염호경을 쳐다보았다.

"이 반지는 당분간 내가 가져갔다가 돌려주겠다. 혹시 네 아버지가 묻거든 싫증나서 잠시 빼놓았다고 해라."

“알겠어요.”

염호경이 실혼인처럼 고개를 끄덕이며 답했다.

“그리고 지금부터 내가 하는 말을 명심해서 그대로 실행하라.”

이어진 무영의 지시에 염호경은 여러 차례 고개를 끄덕였다.

“이젠 그만하지. 더 이상 지속했다간 폐인이 될지 모르니…….”

무영의 눈에서 푸르스름한 빛의 안광이 짧은 순간 빛났다가 사라졌다.

그에 따라 꿈을 꾸는 듯 몽롱해졌던 염호경의 눈빛도 정상으로 돌아왔다.

“말해봐요. 세공비는 얼마나 쳐드려야 할지…….”

염호경은 어떻게 해서라도 무영에게 값을 치르겠다는 듯 다그쳤다. 그녀는 무영이 적당한 금액을 요구하면 그 몇 배의 가격을 건네 무영의 환심을 살 속셈이었다.

“세공비는 필요없고… 다음에 제가 하는 부탁 한 가지만 들어주십시오.”

무영이 정색을 하고 말했다.

“부탁이라니? 어떤 부탁 말인가요? 내가 들어줄 수 있는 것이라면 뭐든 들어드리겠어요.”

염호경이 신바람이 난 아이처럼 눈을 반짝이며 말했다.

"그건 그때 가서 말씀드리겠습니다. 지금은 큰 배경을 하나 얻은 것만으로도 너무 든든합니다. 하하!"

무영이 희고 가지런한 이를 드러내며 밝게 웃었다.

염호경은 섭혼술에 제압당했을 때보다 더 몽롱한 눈으로 무영을 쳐다보았다.

第十七章
조양패(朝暘牌) 획득(獲得)

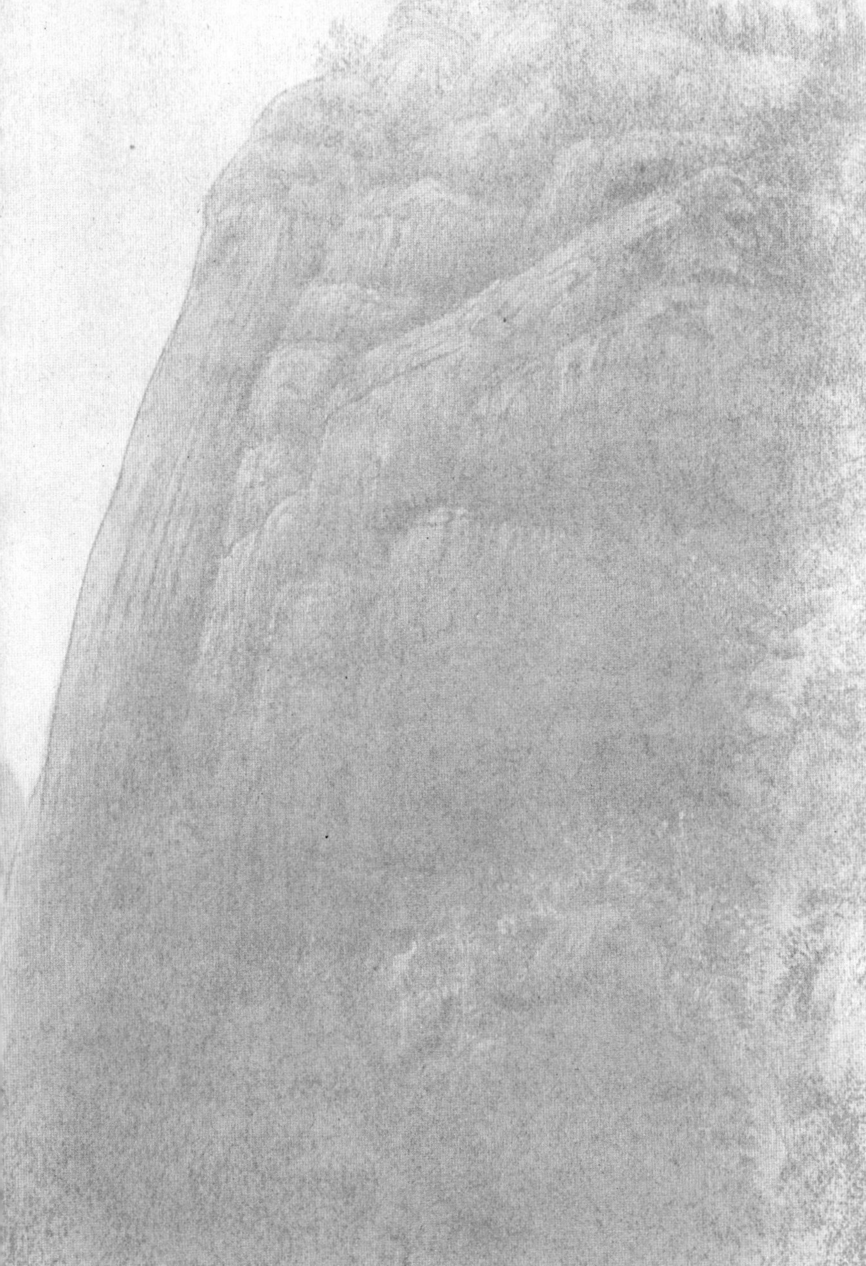

장흥관일

휘익—

휙!

한 자루 검이 기이한 궤적을 그리며 허공을 갈기갈기 찢어 놓았다. 일반적인 투로를 벗어난 괴이한 검초였다. 더구나 역검으로 잡아 휘두르고 있었기에 더욱 괴이신랄했다.

팟—

더 짧게 끊어지는 파공음과 함께 더욱 난해한 검의 궤적이 그려졌다.

검이 뿌려질 때마다 실내의 대기가 터져 나갈 듯 요동쳤다.

"후욱—"

웃통을 벗어젖힌 중년인이 긴 날숨을 토해냈다.

땀에 젖어 번들거리는 중년인의 상체는 단단한 근육질에 구릿빛으로 그을려 바위같이 강건한 기운을 발출했다.

"됐군!"

중년인은 낮은 목소리와 함께 고개를 끄덕였다.

그동안 폐관수련에 가깝게 두문불출하며 수련한 검초가 비로소 완성을 본 것이다.

수련이라는 것이 끝이 없어서 더욱 깊은 오의를 깨닫는 데는 또 얼마의 세월이 걸릴지는 모르겠지만 그건 차후의 일이고 제대로 익힌 것만으로도 더할 수 없는 성취고 기쁨이었다.

이 검법을 익혔으니 더 이상 조양방에서는 무서운 존재가 없었다.

검을 들어 올리기도 힘든 어린 시절부터 같이 조양십이검을 익혔지만 어쩐지 형의 성취는 따라가기 힘들었다.

모두들 그것을 타고난 자질 탓이라고 했지만 염지검은 절대로 그 말을 받아들일 수 없었다.

그의 생각대로 그것은 자질 탓이 아니라 기질 탓이었다.

그의 형이자 조양방주의 장남인 염지상은 느긋하고 우직한 데가 있어 소걸음처럼 한 발 한 발 진척을 이루었지만 염지검은 그러질 못했다.

한시라도 더 빠르게 익혀야 한다는 조바심으로 검로를 철저히 파고들지 못하고 다음 단계로 넘어갔다.

처음에는 그것이 큰 차이를 보이지 않았다. 오히려 앞서 나
간 초식으로 인해 두각을 드러내기도 했다.

하지만 그것이 쌓이고 쌓이다 보니 염지검의 검초는 거름
을 제대로 주지 않은 나무처럼 허약해졌다.

눈에 띄는 파탄은 드러나지 않았지만 힘이 들어가야 할 때
는 반 푼가량 부족했고 쾌속해야 할 부분에서는 미세하게나
마 쾌의 운용이 떨어졌다.

뒤늦게 그걸 알았지만 그때는 너무 늦었다.

그때 새로이 씨를 뿌리고 거름을 듬뿍 주어 나무를 키울 수
없었다.

염지검은 새로 씨앗을 뿌리고 나무를 키우는 대신 튼튼한
줄기와 풍성한 가지를 친 나무를 접목시키는 방식을 택했다.

그것이 지금 익히고 있는 영사비격검법이었다.

영사의 움직임처럼 어지럽고 독사의 독니처럼 치명적인
절초를 내포한 영사비격검법은 조양십이검에는 천적의 검법
이라 할 만했다.

역검을 잡은 채 펼쳐지는 영활한 영사비격검법은 쾌(快)나
변(變)보다는 중(重)을 우선시하는 조양십이검의 빈틈을 파고
드는 데 있어 소름이 돋을 만큼 효과적이었다.

너무 난해하여 자식들에게는 전반부까지만 건네준 염지검
은 그 검법의 후반부까지 완벽히 익힌 것이다.

휘익―

휘익—

다시 염지검의 검이 허공을 어지럽게 찢어발겼다.

"드디어 완성하셨구려!"

벽 쪽에서 들리는 굵직한 목소리에 염지검은 흠칫 신형을 굳힌 후 천천히 몸을 돌렸다.

벽 그림자 속에 상인 차림의 중년인 하나가 서 있었다.

약간 비대한 몸집에 얼굴에도 기름기가 흐르는 중년인은 누가 보아도 부유하고 성공한 상인으로 여길 만한 모습이었다.

그러나 그는 절대로 상인답지 않은 신법을 펼쳐 염지검의 처소에 소리없이 숨어든 것이다.

염지검은 이미 그를 알고 있었던 듯 별 동요 없이 상인 차림의 중년인을 향해 고개를 끄덕였다.

"타고난 자질이 우둔하여 이제야 겨우 끝냈소!"

염지검은 벗어놓았던 상의를 걸치며 희미한 미소를 지었다.

"마침 딱 알맞게 완성한 것을 보니 천운은 대인에게 있는 모양이오. 하하!"

상인 차림의 중년인은 은밀하게 웃으며 말했다.

"방금 딱 알맞게 완성했다고 하셨소?"

염지검은 번쩍 안광을 빛내며 반문했다.

"그렇소. 드디어 때가 되었소."

중년인이 크게 고개를 끄덕였다. 그리고는 품에서 한 통의 봉서를 꺼냈다.

"모든 것이 준비되었으니 대인께서는 이 봉서에 적힌 대로 움직이시오."

상인 차림의 사내는 부하에게 지시를 내리듯 말하며 봉서를 내밀었다.

*　　　*　　　*

"공자님!"

은쟁반에 옥구슬이 굴러가는 것 같은 여인의 목소리가 들렸다.

생기가 넘치면서도 한 올의 근심도 섞이지 않은 그 목소리는 어떤 혼탁한 마음이라도 깨끗이 씻어줄 것 같이 맑고 고왔다.

"우리도 이젠 중원에 뿌리를 내릴 수 있을 것 같아요. 아버지께서 그러시는데, 무황성주와 협약을 맺었다고 해요. 마련을 치는 데 우리가 힘을 보태주면 중원에 있는 우리의 존재를 보장해 준다고 했어요. 너무 기뻐요. 난 중원 땅이 너무나 좋아요. 이곳 신강 땅은 너무도 척박해요. 반면 중원은 너무나 아름답고 화려해요. 그곳에서 공자님과 마음껏 유람하고 좋은 음식을 먹을 수 있다고 생각하니 가슴이 벅차 터질 것 같아요.”

“그 말을 믿어?”

“믿어요. 무황성주 단목상군은 정인군자로 알려졌어요. 아버님은 그의 인품을 믿고 있어요. 공자님은 그를 믿지 않는 모양이죠?”

“글쎄……. 믿고 안 믿고를 떠나 강호의 생리가 생각날 뿐이야.”

“강호의 생리? 그게 뭔가요?”

“강한 자만이 살아남지. 사도맹은 그들만큼 강하지 못해. 마련과 손을 잡으면 그들만큼 강해지겠지만…….”

“쉿! 제발 그런 말씀 마세요. 아버지가 들으면 아무리 공자님이라 해도 가만있지 않으실 거예요. 아버지는 마련이라면 치를 떨어요. 그들의 그 잔인한 손속과 패도 지향적인 자세는 위험하기 짝이 없어요.”

“사도맹은 안 위험하고?”

“그건…….”

“상대방의 입장에서 보면 사도맹도 마찬가지야. 중요한 것은 그게 아니라 정말 위험한 존재가 누구인지를 직시하는 것이야.”

“그게 누군가요?”

“무황성!”

“또 그 소리군요. 그들은…….”

"백도라서 마도나 흑도와는 다르다는 말을 하고 싶은 거야?"

"……."

"인간은 다 똑같아. 마련도 착할 땐 그들만큼 착하고 그들도 악할 땐 마련만큼 악해. 중요한 것은 힘의 균형을 유지하는 것이야. 당장 마련의 성장이 거슬린다고 그들을 쳐내고 나면 균형이 무너지고 그 여파는 사도맹에게로 돌아올 수도 있어."

"아닐 거예요. 이제껏 무황성은 우리에게 아무런 위해도 가하지 않았어요. 그들은 오랜 세월에 걸쳐 마도를 증오했지만 우리에겐 아무런 위해를 가하지 않았어요."

"그거야 내부 문제로 사도맹에게 신경 쓸 틈이 없었기 때문이지. 하지만 이제 내부 정리가 다 되었으니 외부로 눈을 돌릴 차례지. 그 첫 번째 제물이 마련이고, 두 번째로는……."

"우리 사도맹이 될 수도 있다는 말인가요?"

"그럴지도……."

"우리는 그렇게 호락호락하지 않아요."

"무황성주는 더 호락호락하지 않은 사람이야. 아직은 많은 사람들이 그걸 모르고 있다는 생각이 들어."

"아버지도 그건 충분히 생각하고 계실 거예요."

"그래, 그러시겠지. 그런데 왜 이렇게 불안할까?"

"그건 공자님이 먼 길을 떠나야 하기에 그럴 거예요."

"이런 중요한 시기에 떠나야 하다니, 도저히 발길이 떨어지지 않을 것 같아."

"하지만 꼭 가야 할 곳이잖아요. 오랫동안 찾아 헤매던 공자님 사문의 조사동이고, 그곳에 들어갈 능력이 있는 사람은 공자님뿐이라고 했잖아요. 그곳에 들고 나면 공자님은 절정 고수가 될 거예요. 그리고 공자님을 통해 공자님의 사문은 예전의 중흥을 이룰 수 있는 거예요. 그땐 우리도 공자님의 도움을 많이 받겠지요. 그러니 여기 걱정은 말고 한시바삐 조사동을 열어 옛 영화를 이룰 준비를 하세요."

"그래. 그때까지 아버님을 잘 모셔. 물론 다른 제자들이 잘 알아서 하겠지만. 당신 아버님은 너무 마음이 여리셔서 그게 문제야."

"푸훗! 아버지가 마음이 여리다고요? 호호호! 그 말을 아버지께서 들었다면 당장 파혼시키려 할 거예요. 호호호!"

"웃을 일이 아니야."

"아버지는 오히려 공자님이 너무 정심하다고 항상 걱정하셨어요. 사도맹주의 사윗감답지 않다고요."

"정심한 것도 죄인가? 그리고 사파인은 인간도 아닌가?"

"어쨌든 잘 다녀오세요, 공자님. 그리고… 올 땐 제 선물 잊지 말아요."

"뭐가 갖고 싶어?"

“서역에는 향신료는 물론 향기가 너무 좋은 향수도 많다고 들었어요. 그걸 한 병만 사다 주세요.”

“너무 소박하군.”

“제 가장 큰 선물은 공자님이에요. 공자님이 절정고수가 되어서 무사히 돌아오시면 그 이상의 선물은 없어요. 무사히 돌아오세요, 공자님. 무사히 돌아오세요, 공자님……. 무사히 돌아오세요, 공자님…….”

“연지(蓮池)!”

무영은 벌떡 상체를 일으켰다. 그리고는 미친듯이 사방을 둘러보았다.

무영의 눈에 한 여인의 모습이 아로새겨졌다.

“연지……?”

무영이 놀란 표정과 함께 여인의 팔을 와락 잡아당겼다. 아직도 그의 눈에는 초점이 잡혀 있지 않았다.

“아, 아니에요. 정신 차리세요.”

진설이 깜짝 놀라며 고함을 질렀다. 그러나 무영의 팔에 실린 억센 힘을 감당하지 못하고 속절없이 끌려갔다.

진설의 가슴이 무영의 가슴에 포개지려는 순간, 무영의 팔에서 힘이 빠져나갔다.

“당신… 이었군…….”

갑작스럽게 몽계(夢界)에서 벗어난 듯 무영이 망연한 눈으로 진설을 쳐다보았다.

진설은 얼른 뒤로 한 발짝 물러나며 무영을 마주 보았다.

진설은 순간적으로 온몸이 무너져 내리는 듯한 느낌을 받았다.

눈은 영혼의 창이라고 했다.

지금 무영의 영혼은 온 세상에 존재하는 상실감을 모두 쓸어 담고 있는 것 같았다. 그 상실감은 무엇으로도 채울 수 없는 짙은 허무의 색채를 담은 채 무영의 눈을 통해 흘러나오고 있었다.

진설은 폭포수처럼 흘러나오는 그 허무감에 자신의 영혼마저 잠식당하고 속절없이 허물어질 것 같아 심호흡을 했다.

"악몽을 꾸셨나 봐요?"

진설이 조심스럽게 물었다.

무영은 대답 대신 벌떡 몸을 일으켰다. 잠꼬대를 통해서라도 누군가에게 자신의 내면이 드러나는 것을 용납할 수 없다는 표정이었다.

"시간이 얼마나 됐지?"

"축시(丑時)가 깊었어요."

진설이 실내 한구석에 불을 밝히고 있는 초의 길이를 어림하며 답했다.

"방주를 만나야겠어. 준비해!"

"지금 이 시간에 말인가요?"

무영의 지시에 진설은 와락 긴장한 표정을 지었다.

"그래, 지금! 미룰 필요가 없는 일은 촌각도 허비하지 않는 것이 좋아!"

무영이 짤막하게 답했다.

*　　　*　　　*

조양방 내당의 가장 깊은 곳인 방주의 처소에는 다탁을 마주한 채 네 사람이 대면하고 있었다.

그동안 코빼기도 보이지 않았던 진설과 무영이 나란히 앉아 있었고, 그 맞은편에 방주 염천기와 함께 공야흠이 엄한 눈빛을 한 채 앉아 있었다.

새벽으로 치닫고 있는 야심한 시각에 진설과 무영이 들이닥치다시피 처소를 찾았고, 염천기와 공야흠은 단잠에 빠져들었다가 급히 자리에서 일어난 것이다.

하루하루 중독의 정도가 심해져 가는 염천기였기에 지금 이 시각은 그 어느 때보다도 안정과 휴식을 취해야 할 때였다. 그런데 진설을 동행한 무영이 막무가내로 들이닥쳐 단잠을 깨워놓았으니 공야흠의 눈빛은 엄한 기운을 넘어서 노기까지 띠고 있었다.

"흠!"

무거운 분위기를 누그러뜨리고자 염천기가 가벼운 기침과

함께 기지개를 켰다.

"아침 일찍 기상을 하니 기분이 상쾌하구먼. 일찍 자고 일찍 일어나는 것이 건강에 좋다는 옛말이 틀린 데가 없군."

염천기가 가벼운 농담을 하며 차를 들이켰다.

"한잔 드시지요, 장로님. 자네도 한잔하게. 그리고 너도."

찻잔을 내려놓은 염천기가 공야흠은 물론 무영과 진설에게도 차를 권했다.

"고맙습니다."

무영이 고개를 꾸벅 숙인 후 찻잔을 들었다.

공야흠은 여전히 엄한 표정으로 찻잔을 들지 않았지만 무영은 전혀 개의치 않고 차 한 잔을 단숨에 비웠다.

그것을 본 진설이 조심스런 표정으로 공야흠의 눈치를 살폈다. 그녀 역시 목이 말랐으나 공야흠이 들지 않고 있으니 선뜻 찻잔으로 손을 내밀지 못하고 있었다.

"장로님도 어서 드시지요. 이런 시각에 이렇게 방문한 데는 그만한 이유가 있겠지요."

염천기가 부드러운 목소리로 거듭 권하자 공야흠이 찻잔을 잡았고, 뒤이어 진설도 찻잔을 들어 목을 축였다.

"그래, 이 시간에 이렇게 찾아온 이유가 무엇인지 말해보게나. 무슨 긴한 부탁이라도 있는가?"

모두들 차를 마시고 찻잔을 내려놓자 염천기가 무영을 바라보며 부드러운 목소리로 물었다.

"약속한 조양패를 받고자 왔습니다."

무영이 단도직입적으로 목적을 밝히자 염천기가 움찔 상체를 흔들었다.

"이, 이놈이……!"

벌겋게 달아오른 얼굴을 한 공야흠이 마침내 노기를 터뜨렸다.

처음 무영과 만나던 날 염천기는 한 달 안에 가시적인 성과를 보이면 조양패를 넘겨주겠다고 했는데, 아직 한 달이 되려면 좀 남았다. 그러나 무엇보다 가시적인 성과라는 조건이 붙어 있었는데 그런 성과가 무엇인지 짐작이 가지 않았다.

자신이 그동안 알아본 바에 의하면, 무영이 속한 회기대 이십조가 이상한 움직임을 보이고 있었고, 손녀 염예령이 무영이 시킨 일을 한다면서 흑수정을 부탁했었다.

그 외에 다른 어떤 가시적인 성과는 눈에 뜨이지 않았는데 다짜고짜 약속한 조양패를 내놓으라는 무영의 말에 공야흠은 노기를 참을 수 없었던 것이다.

"약속한 한 달이 아직 남았지 않는가?"

염천기가 얼른 나서며 공야흠을 제지했다.

"약속은 날짜가 아니라 성과의 정도가 아니었습니까?"

무영이 반문했다.

"그렇지. 한 달 안에 가시적인 성과를 가져오면 준다고 했지."

염천기가 고개를 끄덕였다. 그리고 의미심장한 눈으로 진설을 쳐다보았다.

무영이야 워낙 종잡을 수 없는 청년이니 그의 행동이나 표정을 통해 무언가를 알아내는 것은 불가능했다. 그래서 진설의 반응을 통해 영문을 알고자 한 것이다.

염천기가 안광을 빛냈다.

무영의 하는 양을 지켜보는 진설의 표정에는 일말의 흔들림도 없었다. 진설은 지금 무영의 요구가 지극히 당연하다는 듯 담담한 표정을 짓고 있었다.

'이 아이가?'

염천기는 불신이 가득한 심정으로 무영을 쳐다보았다.

"그래, 그동안 어떤 가시적인 성과를 구해왔단 말인가?"

염천기가 깊은 눈빛과 함께 질문을 던졌다.

무영은 천천히 품속으로 손을 넣었다. 그리고는 탁자 위에 무언가를 꺼내놓았다. 그것은 반지를 낀 사람의 손가락이었다.

"이, 이게 무엇인가?"

염천기가 놀란 눈으로 무영을 쳐다보았다.

"송조격 오장로의 가운뎃손가락이지요. 반지를 보면 아실 것입니다."

"이, 이것이 왜 자네 품속에서 나온단 말인가?"

공야흠도 와락 눈살을 찌푸리며 목소리를 높였다.

"가시적인 성과 중 한 가지입니다."

무영이 짤막하게 답하자 염천기와 공야흠이 서로를 쳐다보며 긴장된 표정을 했다.

송조격 장로의 손가락이 이곳에 있다는 것은 그가 이미 세상 사람이 아니라는 뜻이다. 그렇다면 그가 무황성과 관련되어 조양방을 무너뜨리려 하는 흉수 중 한 명이라는 말인가?

그건 너무 충격적이고 더 나아가 청천벽력 같은 일이었다.

"자세히 설명해 보게. 대체 이게 어찌 된 일인가?"

염천기가 떨리는 음성으로 무영을 재촉했다. 아직도 그의 눈빛은 무언가 잘못되었기를 바라는 기색이 간절했다.

"그대가 설명해. 송 장로를 조사한 것은 그대들이니까."

무영이 진설을 향해 지시했고, 차 한 모금을 더 들이켠 진설이 긴 한숨을 내쉰 후 무영의 지시로 공야흠을 제외한 다른 장로들을 조사한 일부터 가원이 화설금 일행에게 잡혀간 일, 그리고 그들을 해치우고 진설 자신이 화설금으로 분장하여 송조격을 유인하고 결국 처치한 일까지 세세하게 설명했다.

진설의 긴 이야기를 듣는 동안 염천기와 공야흠의 눈빛은 수시로 변했고, 공야흠은 볼 살을 부르르 떨며 주먹을 쥐기도 했다.

"오장로께서 어떻게 그러실 수가……. 절대로 그런 분이 아니었는데……."

염천기가 괴로운 탄식을 터뜨렸다.

다른 장로들 모두 마찬가지겠지만 송조격 오장로는 성격이 우직하고 곧아 절대로 그럴 사람이 아니라고 생각했다. 그런데 어떻게 그런 사람이 그간의 모든 것을 부정하고 배신을 한단 말인가?

울컥!

억누르기 힘든 격정으로 인해 염천기의 입에서 선혈이 스며 나왔다.

놀란 공야흠과 진설이 급히 등과 가슴의 혈을 동시에 두드려 진기를 다스렸다.

"생포할 순 없었나?"

겨우 혈을 다스린 염천기가 괴로운 표정으로 물었다.

"그러고 싶었지만 화설금이 죽었다는 말을 듣는 순간 생을 포기하는 모습이었습니다. 가만두었다 하더라도 심맥을 끊었을 겁니다."

무영의 대답에 공야흠도 눈을 질끈 감으며 괴로운 한숨을 토했다.

"너무 우직하고 단순한 사람이었습니다. 그래서 한번 곁길로 새니 걷잡을 수가 없었던 모양입니다."

공야흠이 탄식처럼 말했다.

"허어—"

염천기도 긴 탄식을 터뜨리며 눈을 감았다.

두 노인을 보며 진설도 괴로운 표정을 지었다.

그녀는 송조격 장로에게는 아무런 동정심도 일지 않았다. 순간의 쾌락을 좇아 조양방을 배신하고 무너뜨리는 데 일조한 장본인이었기에 아직도 이가 갈렸다. 그러나 그로 인해 방주 염천기가 힘들어하는 모습이 괴로운 것이다.

"다음으로 이것이 있습니다."

무영은 다시 품속으로 손을 넣어 서책 한 권을 끄집어냈다.

"그것이 무언가?"

겨우 격정을 떨쳐 낸 염천기가 서책을 바라보았다.

"그동안 제 나름대로 이것저것 조사해서 조양방 내 여섯 개의 부대 중 유사시에 배신을 할 가망성이 높은 곳의 대주와 각 대 조장들의 명단을 적은 것입니다. 이건 제 주관적인 판단이 주를 이룬 것이지만 크게 틀리지 않을 것입니다."

"이럴 수가?"

책자를 넘기던 공야흠이 다시 탄식을 터뜨렸다.

"어떻게 칠 할 이상이 배신을 할 것이란 말인가?"

염천기도 믿을 수 없다는 표정으로 무영을 쳐다보았다.

"방주님께서 건재하시다면 삼 할 정도만 흔들리겠지만 그렇지 못한 경우 충분히 그럴 수 있습니다."

무영이 칼로 두부를 자르듯 단호하게 말했다.

무영의 설명에 염천기도, 공야흠도 아무런 토를 달지 않았다. 조금 전 진설의 설명을 통해 무영의 능력을 익히 알게 되었기 때문이다.

"이렇게 파악이 되었으니 되돌릴 수도 있겠지?"

공야흠이 긴장된 음성으로 물었다.

"물론이지요. 단 그때는 조양패가 제 손에 있어야 합니다. 조양패를 넘겨주시겠습니까?"

무영이 차가운 미소와 함께 두 노인을 번갈아 쳐다보았다.

두 노인은 서로를 쳐다보며 잠시 뜸을 들였다.

마침내 염천기가 품속으로 손을 넣었다.

그때 공야흠이 염천기를 제지하며 급히 나섰다.

"아니, 그것만으로는 미흡하네. 뭐가 미흡한지는 자네도 잘 알 걸세."

공야흠이 무거운 표정으로 무영을 쳐다보았다. 그리고는 애써 염천기의 시선을 외면했다.

공야흠이 미흡하다고 하는 부분은 염천기의 자식들에 대한 것이었다. 무영의 능력이라면 그것에 대해서도 충분히 알아냈을 것인데 서책에는 그에 대해 단 한 구절도 언급이 없었던 것이다.

"너무 비극적이라 그 부분에 대해서는 되도록 나중에 언급할 생각이었지만 비극을 자초하시니 어쩔 수 없지요."

무영은 가볍게 입맛을 다신 후 품속으로 손을 넣어 무언가를 꺼냈다.

탁!

무영의 손에서 탁자 위로 작은 물체 하나가 떨어져 내렸다.

그것은 염호경의 손에 끼어 있던 반지였다.

"뭔가, 이게?"

공야흠이 눈 사이를 좁히면 반지를 쳐다보았다.

"방주님께선 이 반지가 누구 것인지 아시겠지요?"

무영은 공야흠의 질문에 대한 대답을 염천기에게 떠넘겼다.

염천기가 묵묵히 반지를 쳐다보다가 긴장된 눈빛을 했다.

"이건 경아의 반지로군. 그런데 이것은 또 왜 자네 손에 있는가?"

염천기의 눈에 어린 긴장감이 어느새 불안감으로 바뀌어 갔다.

둘째 아들 염지검이 모반을 꿈꾸고 있다는 것은 이미 짐작하고 있었지만 구체적인 물증은 드러나지 않았다. 그런데 무영의 손에서 염지검의 딸인 염호경의 반지가 떨어져 내렸다.

그것은 송조격의 손가락만큼이나 불길했다.

진설도 염호경의 반지에 대해서는 전혀 아는 것이 없는지라 두 눈을 크게 뜨고 무영만 쳐다보았다.

"이것이 바로 방주님을 시한부 생명에 이르게 한 물건입니다."

무영의 말에 염천기가 벼락을 맞은 듯 온몸을 부르르 떨었다.

"대체 그게 무슨 말인가?"

공야흠 역시 도저히 믿을 수 없다는 표정으로 고함을 질렀다.

진설이 얼른 염호경의 반지를 손에 들고 이리저리 살폈다.

가운데에 제법 큼지막한 비취가 달린 반지였다. 그리고 금으로 된 반지의 표면에는 정교한 무늬가 세공되어 있었다.

하지만 그 어느 곳에도 독침 같은 것은 보이지 않았다.

진설은 자신으로서는 이것에 어떻게 방주를 중독에 이르게 한 물건인지 알 수 없다는 듯 무영을 쳐다보았다.

염천기와 공야흠도 어서 대답을 하라는 듯 무영을 향해 분노와 의혹으로 이글거리는 눈빛을 주고 있었다.

"손에 끼워봐!"

무영이 진설을 향해 지시를 내렸다.

진설이 조심스럽게 반지를 손가락에 끼웠다.

그녀의 눈에 불안한 기색이 가득했다. 방주 염천기를 시한부 명령에 이르게 한 독이라면 맹독이 분명할 것이기 때문이었다.

"한두 번 노출되어서는 아무 문제가 없으니 걱정 말고 시키는 대로 해."

무영의 설명에 비로소 안도한 표정이 된 진설이 편안하게 손을 움직였다.

"마침 좋은 게 있군."

혼잣소리로 중얼거린 무영은 저쪽 탁자 위에 놓인 은쟁반을 향해 손을 뻗었다.

우우웅─

일 장 거리에 떨어져 있던 은쟁반이 줄이라도 묶인 듯 무영의 손으로 빨려왔다.

고강한 허공섭물의 수법이었다.

그 수법이 자신의 경지를 넘어섰다는 것을 느낀 공야흠의 눈이 미미하게 흔들렸다.

다른 사람들의 반응은 아랑곳 않은 무영은 은쟁반을 잡은 손에 지그시 힘을 주었다.

은쟁반이 부드럽게 반으로 접혀지며 작은 화병처럼 둥근 물체로 변했다.

휘익─

무영은 화병처럼 둥글게 말려진 은쟁반을 진설에게 던졌다.

진설이 당황한 모습으로 말려진 은쟁반을 두 손으로 받았다.

"지금부터 그것을 부드럽게 주물러."

무영이 지시를 내렸지만 진설은 제대로 알아듣지 못하고 눈만 끔벅거렸다.

"죽으라면 즉시 죽겠다는 다짐은 말짱 거짓이었군."

피식 웃는 무영이 다시 진설에게 눈길을 주었다.

"반지 낀 손으로 그 은쟁반을 안마하듯이 부드럽게 주물러!"

무영이 상세히 지시를 내리자 진설이 주춤거리며 은쟁반을 주무르기 시작했다. 그러면서 그녀는 무언가 감히 잡히는지 얼굴이 창백하게 변해갔다.

"계속해서 주물러, 방주의 어깨를 안마한다는 생각으로."

무영이 다시 지시를 내리자 이젠 무영의 의도를 완전히 간파한 듯 진설의 손이 부들부들 떨리기 시작했다.

자리에서 일어선 염천기도 진설과 같은 생각인지 수염이 부르르 떨리고 있었다.

뿌드득!

공야흠은 세차게 이를 갈며 태울 듯한 안광을 내뿜으며 진설이 주무르고 있는 은쟁반에 시선을 고정시켰다.

어느 순간 진설이 움찔 놀라며 움직임을 멈추었다.

주의를 집중하지 않으면 도저히 들을 수 없는 미세한 음향이 반지 안쪽에서 들려왔기 때문이다.

진설은 얼른 손을 떼며 둥글게 말린 은쟁반을 쳐다보았다.

은쟁반의 표면 한 곳에 콩알만큼 작은 반점이 생겼다. 처음 무영이 던져 주었을 때는 전혀 발견하지 못했던 반점이다. 또한 그것은 독에 노출되었을 때 은이라는 물체가 보여주는 특유의 반응이기도 했다.

"아아!"

분노와 좌절감에 휩싸인 진설이 신음성을 토하며 그 자리에 주저앉았다.

방주 염천기는 그 누구도 아닌, 사랑하는 손녀딸에 의해 치명적인 중독에 이르고 시한부 생명을 살고 있는 것이다.

휘청!

염천기가 중심을 잃고 비틀거렸다.

"방주!"

공야흠이 얼른 염천기를 부축하며 등줄기 혈 몇 곳을 제압했다. 그러나 한발 앞서 염천기의 입에서는 어느새 선혈이 터져 나오고 있었다. 그 선혈은 이제껏 간간이 역류하던 것과는 달리 폭포수처럼 걷잡을 수 없었다.

"아버지!"

방주의 입에서 폭포수처럼 터져 나오는 선혈에 이성을 잃은 듯 진설이 비명을 지르며 염천기에게로 달려갔다.

"아버지! 제발……!"

진설이 피를 토하듯 고함을 지르며 움찔 놀라는 공야흠으로부터 빼앗듯이 염천기의 상체를 안아 들었다.

몇 사발이 넘는 피를 토하고 백짓장같이 안색이 창백해진 염천기는 허깨비를 방불케 했다.

"지란(池蘭)아!"

염천기가 진설의 본명을 불렀다. 그건 다섯 아들과 같은 돌림자를 쓰고 있었다.

"아버지! 흐흑!"

진설이 닭똥 같은 눈물을 떨어뜨렸다.

"불쌍한 것! 진작 너를……!"

염지검이 다시 선혈을 쏟으며 기침을 토했다.

"아, 아버지! 제발… 어떻게 좀 해봐요!"

진설이 무영을 향해 고함을 질렀다.

"이래서 나중에 하려고 했는데……."

무영이 천천히 다가가서 염천기의 단전에 손바닥을 갖다 댔다.

무거운 무영의 내력이 흘러들자 염천기의 얼굴에 미세하나마 핏기가 돌아왔다.

"쿨럭!"

염천기가 기침과 함께 다시 선혈을 토했다.

시커멓게 죽은 피였다.

그것은 이미 역류한 선혈이 목 안에서 굳어진 것이었다. 아울러 더 이상 선혈이 역류하지 않고 있다는 반증이기도 했다.

"물론 그 반지의 주인은 아무것도 모르고 한 일입니다. 모든 것은 반지를 그 주인에게 건넨 자가 꾸민 일이겠지요."

한참 후 염천기가 안정을 되찾자 무영이 차가운 음성으로 말했다.

"그만, 그만하세요! 방주님이 안정을 취하고 나서 다시 하세요!"

진설이 고함을 치며 무영을 제지했다.

“어차피 시작된 일이야.”

무영은 조금도 변하지 않은 기색으로 다시 말을 이었다.

“경아에게 반지를 건넨 장본인은……?”

공야흠이 떨리는 음성으로 물었다.

“권력 앞에서는 아들도 왕왕 가장 위험한 적일 수가 있지요.”

무영이 간접적인 화법으로 답했다.

자기 할 말을 다 한 무영은 진설의 손에서 반지를 회수하고는 둥글게 말았던 은 접시를 원래의 모양으로 펼쳐 제자리에 갖다 놓았다.

그러는 사이 공야흠의 부축을 받은 염천기가 탁자에 앉았다.

“가져가게!”

염천기가 품에서 조양패를 꺼내 무영에게 건넸다.

공야흠도 이젠 더 이상 제지하지 않고 묵묵히 지켜보기만 했다.

무영이 천천히 조양패를 받아 들며 특유의 미소를 지었다.

“이것을 제 손에 넘긴다는 것이 어떤 의미인 줄은 아시겠지요?”

조양패를 이리저리 살펴보던 무영이 다짐을 받듯 염천기를 향해 물었다.

“조양방 전 식솔의 생사여탈권과 차후 조양방의 방주 직도 자넨에게 넘긴다는 말일세."

염천기가 무거운 어조로 확인을 해주었고, 공야흠이 눈을 질끈 감았다.

"전에도 말했듯이 조양방 방주 자리 따윈 관심없습니다. 그러기엔 제 청춘이 너무 아까우니까요. 짧게는 일 년, 길게는 이 년… 그동안만 간직하겠습니다. 그 후 마땅한 사람에게 넘겨드리지요."

무영은 조양패를 품속에 갈무리했다.

"대체 그것으로 무얼 하려고 그러는가?"

잠시 후 공야흠이 의혹이 가득한 표정으로 무영을 쳐다보며 물었다.

"당분간은 이런 것을 모으는 일을 취미로 삼아볼까 합니다."

"취미?"

공야흠의 미간에 여러 개의 주름살이 만들어졌다.

"벌써 네 개를 모았으니 올해 안에 열 개를 채울 수 있을지도……."

무영이 입꼬리를 비틀며 웃었다.

신비감과 함께 악마적인 기운마저 섞인 그의 미소에서 무언가를 읽어내는 것은 도저히 불가능하다는 것을 느낀 공야흠이 참괴한 표정과 함께 시선을 돌렸다.

방주의 영패가 남의 손에 들어가 버렸으니 이제 조양방은

끈 떨어진 연 신세나 마찬가지다.

폭풍우에 이리저리 휘말려 그 연이 어디까지 날려가고 어디에 처박힐지는 한 치 앞도 예측할 수가 없는 일이다.

'부디 저놈이 악마가 아니기를……'

공야흠은 천지신명께 기도를 올리듯 속으로 염원했다.

"조양패를 주었으니 처음 한 약속은 지켜주게."

공야흠 못지않게 참괴한 표정의 염천기가 간절한 목소리로 말했다.

아들들을 살려달라던 처음의 약속을 말함이었다.

"방주님을 이렇게 만든 아들도 포함되는 것입니까?"

무영이 차가운 음성으로 물었다.

권력에 눈이 멀어 무황성과 결탁하고 친아버지마저도 권력의 희생물로 전락시킨 아들이라면 살려둘 가치가 없다. 어쩌면 절대로 살려두어서는 안 되는 존재인 것이다.

그러나 염천기는 괴로운 표정으로 고개를 끄덕였다.

"목숨은 붙여주게."

"불씨를 살려두는 것과 같습니다. 그건 어리석은 짓이지요."

"애초에 약속하지 않았나? 그러니 그 약속을 지키게."

염천기는 무영의 말을 더 듣기 싫다는 듯 단호하게 말했다.

비록 자신을 죽음에 이르게 했을지라도 자식을 향한 부모의 마음은 어쩔 수 없는 모양이었다.

무영은 잠시 말을 끊고 짧은 한숨을 내쉬었다.

어쩌면 저런 물러터진 심성이 오늘의 결과를 만들었을지도 모를 일이다. 그리고 염지검을 살려둔 상태에서 일을 도모하기에는 뒷간에 들렀다가 밑을 훔치지 않은 것 같은 찝찝함을 느끼게 만들 것이다.

"후회하실 겁니다."

"살려만 주면 그 후회는 모두 내가 감수하겠네."

염천기가 고개를 무겁게 끄덕였다.

"제 말뜻을 잘못 알아들으셨군요. 제가 말한 후회란 그런 게 아니라, 나중에 죽지도 못하고 목숨이 붙어 있는 아들을 보며 제발 죽여 달라고 애원할지도 모른다는 말입니다. 그땐 절대 죽이지 않고 끝까지 약속을 지킬 생각입니다. 그래도 괜찮으시겠습니까?"

무영이 스산한 표정과 함께 염천기를 쳐다보았다.

비로소 무영이 말한 후회가 어떤 것인지 깨달은 염천기가 흠칫 고개를 들고 무영을 쳐다보았다.

무영은 둘째 아들 염지검에게 죽음보다 더 처참한 삶을 영위하게 하겠다는 의사를 내비치고 있는 것이다. 충분히 그럴 수 있는 놈이고, 그렇게 된다면 차라리 죽는 것이 나을지도 몰랐다.

"어쨌든 살려주게."

잠시 후 염천기가 결심을 굳히며 답했다.

"알겠습니다. 그럼 지금부터 두 분은 나머지 장로들을 설득하는 일에 전념을 다해주십시오. 전적으로 조양패의 권능에 따르게 만들든지 그렇게 하지 못하더라도 최소한 중립은 지키게 해주십시오."

무영이 공야흠에게 시선을 고정시키며 지시를 내리듯 말했다. 장로들을 설득하는 일이라면 방주보다도 수석 장로 공야흠이 더 적격인 때문이었다.

"알겠네."

공야흠이 시선을 땅바닥에 떨어뜨린 채 고개를 끄덕였다.

방주에게 있어 가장 든든한 울타리가 되고 가장 큰 기둥이 되어야 할 그였다. 그런데 이번 일에 있어서는 아무런 역할을 하지 못한 채 조양방의 상징이자 방주의 목숨이나 마찬가지인 조양패를 남의 손에 넘어가게 했다. 그런 자책과 회한이 공야흠으로 하여금 하늘을 제대로 우러러보지 못할 지경으로 만들었다.

"그럼 이만 가보겠습니다. 부디 보중하시길……."

두 노인에게 가볍게 고개를 숙인 무영이 일말의 미련도 없이 등을 돌렸다. 그리고는 빠르게 신형을 옮겼다.

진설이 무영과 염천기를 번갈아 쳐다보곤 어쩔 줄을 몰라 하며 주춤거렸다.

이제까지 무영과 함께 행동했으니 무영을 따라가야 하지만 방주 염천기의 상태가 너무 걱정된 것이다.

[아버지를 수명을 연장시키고 싶지 않나?]

갈등하고 있는 진설의 귀에 무영의 전음이 얼음송곳처럼 찔러들었다.

아버지의 수명을 연장시키다니? 그게 가능하단 말인가?

"어, 어떻게⋯⋯?"

진설이 벼락 치듯 무영이 나간 문 쪽으로 몸을 돌리며 더듬거렸다.

[독의 실체를 손에 넣었으니 방법이 있을 수도 있겠지⋯⋯. 싫다면 계속 그곳에 죽치고 있어도 좋아. 난 오히려 방주가 죽어주는 게 편하거든.]

"같이 가요!"

진설이 찢어져라 고함을 지르며 문을 박차고 몸을 날렸다.

콰당!

침향목으로 만들어진 문이 마침내 떨어져 내리며 둔중한 신음을 토해냈다.

"⋯⋯."

어미 닭을 필사적으로 쫓아가는 병아리마냥 무영을 따라가는 진설의 모습에 두 노인은 한참 동안 할 말을 잃고 있었다.

第十八章

분란(紛亂)의 시작

장흥관일

"어머니는 누구였지?"

자신만의 비밀 장소인 창고의 한쪽 공간에서 무영은 한참 동안 반지를 살펴보다가 의미심장한 눈으로 진설을 바라보았다.

방주 염천기가 폭포수처럼 선혈을 토하며 생명이 경각에 달린 것 같던 급박한 순간, 진설은 염천기를 아버지라고 불렀다.

그것은 수석 장로 공야흠마저도 예기치 못한 뜻밖의 일이었지만 무영은 이미 그 사실을 알고 있는 듯 진설의 어머니에 관한 것만 물었다.

　초조함이 가득한 눈으로 반지를 쳐다보던 진설은 입술을 꼭 깨물며 대답을 미루고 있었다.

　나이로 따지자면 진설은 염천기에게 있어 손녀뻘이었다. 그런 그녀가 딸이 된 데는, 그리고 그 사실을 숨긴 채 지금까지 염천기의 그림자 보표로 살고 있는 데는 남다른 사연이 있을 것이라는 것쯤은 쉽게 짐작할 수 있었다.

　"어머니는 돌아가셨어요. 이미 알고 있는 일이 아닌가요?"

　한참 후 진설이 낮게 가라앉은 목소리로 답했다.

　누구냐는 물음에 대한 답으로는 맞지 않는 것이었다. 그리고 그 대답은 더 이상 묻지 말라는 말이나 마찬가지였다.

　깊은 눈으로 진설을 쳐다보던 무영은 묵묵히 고개를 끄덕였다.

　"좋아, 그럼 언제까지 그렇게 신분을 숨기고 살 생각이었지?"

　무영이 다시 진설에게 있어서는 민감한 부분이라 할 수 있는 질문을 던졌다.

　"평생 그렇게 살 생각이었어요. 그렇게 살다가 방주께서 돌아가시고 나면 떠날 생각이었어요."

　"바보 같은 생각이 아닌가? 당당하게 방주의 딸로 나서서……."

　"아니에요. 방주님을… 아버지라고 부른 것만으로도 만족해요. 방주님의 명성에 조금이라도 누를 끼치는 짓은 하고 싶지 않아요."

진설이 무영이 말을 자르며 단호하게 자신의 의견을 피력
했다.

"방주도 같은 생각인가?"

무영은 약간은 차가운 음색으로 물었다.

"그렇지 않아요. 방주께선 제가 딸인 걸 밝히고 가족으로
인정하려는 절차를 밟으려고 했어요. 하지만 제가 극구 말렸
어요. 그렇게 하면 떠나겠다는 협박까지 하며……."

진설의 눈에 눈물이 그렁하게 고였다.

방주의 딸임을 포기하고 대신 가장 가까운 곳에서 평생 그
림자로 살고 싶었는데, 그 평생이란 것이 너무 짧아진 것이
다.

"그런데 당신은 그걸 어떻게 알았나요?"

진설은 얼른 눈물을 훔치며 도전적인 자세로 무영에게 질
문을 던졌다.

"조양방에 스며든 음습한 그림자들을 찾기 위해 방주의 가
장 가까운 곳부터 조사를 하다 보니 당장 그대가 제일 먼저
걸리더군. 가원이란 사람은 그 출신이 확실한데 그대는 아니
었어. 그래서 파고들다 보니 엉뚱한 사실을 알게 된 것이야.
때문에 쓸데없는 시간을 좀 낭비했지. 그 시간에 다른 곳을
파고들었으면 훨씬 유용했을 텐데 말이야. 쩝!"

무영이 속이 쓰리다는 표정으로 입맛을 다셨다. 아마도 그

일을 조사하며 꽤나 심력을 낭비한 모양이었다.

"대체 당신은 누구……?"

진설이 무영을 노려보며 질문을 던지려다 입을 다물었다. 그건 대답없는 메아리나 마찬가지라는 것을 익히 알고 있지만 너무나 어이없는 심정에 무의식중에 흘러나온 것이다.

"정말 방주님을 살릴 수 있나요?"

진설이 다시 초조한 기색이 되어 물었다.

"그동안 도저히 알 수 없었던 독의 출처를 알아냈으니 가능성이 훨씬 높아졌다고 봐야겠지."

무영은 다시 반지를 이리저리 살피며 답했다.

"그럼……?"

진설은 다시 무언가 질문을 하려다 입을 다물었다.

무언가 실마리를 잡은 듯 무영의 눈빛이 강렬해지고 있었다. 아마도 반지 속에 숨겨진 독을 분출하는 장치를 찾아낸 것 같았다.

"교묘하군, 정말 교묘해."

한참 후 무영이 탄성에 가까운 중얼거림을 토해냈다.

"알아냈나요?"

진설이 침을 꿀꺽 삼키며 물었다.

"뭘?"

무영이 무뚝뚝하게 되물었다.

"교묘하다고 하지 않았나요?"

진설이 눈살을 찌푸리며 화답했다.

"못 알아냈으니까 교묘한 거지."

무영이 다시 무뚝뚝하게 답했고, 진설은 땅이 꺼져라 한숨을 토했다.

"역시 사천당문의 솜씨야."

한참 후 무영이 다시 혼잣소리처럼 중얼거렸다.

"그렇다면 독도 사천당문이 만든 것이란 말인가요?"

"그럴 가망성이 높지."

진설의 얼굴에 절망감 한가닥이 스며들었다.

독과 암기의 종가인 사천당문의 솜씨라면 예상보다 훨씬 더 어려울 터였다. 그리고 그들은 너무 멀리 떨어져 있어 지금 당장 해약을 구하기 위해 떠난다고 해도 제시간에 도착하기란 불가능했다.

진설의 타는 마음과는 아랑곳없이 무영은 여전히 반지를 이리저리 돌려보며 감탄사만 토해내고 있었다.

"도저히 모르겠어."

한참 후 무영이 고개를 저으며 반지를 내려놓았다. 그의 표정에는 완전히 항복했다는 체념의 기운이 번져 나고 있었다.

그런 무영은 바라보며 진설은 가슴이 쿵, 무너지는 기분이었다.

끝을 헤아릴 수 없는 무영의 능력이라면 방주를 중독시킨 독의 정체를 알아내고 그 해약마저도 충분히 만들어낼 줄 알았다. 그런데 이런 체념이라니…….

"계속… 계속해요. 당신이라면 할 수 있잖아요!"

진설이 반쯤 울먹이듯 고함을 질렀다. 뾰족하게 울려 퍼지는 고함 소리가 제법 크게 울려 창고 밖으로 새어나갈 지경이었다.

"사람들을 다 불러 모을 셈인가?"

무영은 눈을 엄하게 뜨며 진설의 주의를 일깨웠다. 그러나 절망감에 휩싸인 진설은 무영의 말도 귀에 들어오지 않는 듯 다시 무영을 향해 소리를 질렀다.

"어떻게 해봐요! 아까 할 수 있다고 했잖아요!"

완전히 흐느낌으로 바뀐 진설의 목소리에 무영은 입맛을 다셨다.

처음 보았을 때는 웬만한 일에는 감정 변화를 보이지 않는 얼음장같이 차가운 여인이었는데 방주가 관련된 일에는 앞뒤를 재지 않는 어린애 같았다.

"당문의 비기 제조술을 내가 무슨 수로 당하나?"

무영은 다시 고개를 흔들었다.

"그럼 왜 아까는 자신있다고 했나요?"

진설의 눈에 강한 적의가 드리워졌다. 여차하면 무영을 향해 검이라도 빼 들 것 같았다.

"뭔가 착각하고 있군."

잠시 진설을 쳐다보고 무영이 피식 웃으며 말했다.

진설이 더욱 강한 적의를 품은 눈으로 무영을 노려보았다.

"내가 도저히 자신없다고 한 것은 반지에 숨겨진 장치야. 이 조그마한 반지 안에다 대체 무슨 조화를 부렸기에 그런 작동을 하는 건지 도저히 이해 불능이야. 하지만 그건 그대 아버지의 수명을 연장하는 데는 별 중요한 것이 아니지. 그대 부친의 수명을 연장하는 데는 독의 정체만 알아내면 되니까."

"그럼?"

진설이 두 눈을 크게 뜨고 깜박거렸다. 무영의 말대로 당문의 암기 제조 실력은 지금 중요한 게 아니었다. 중요한 것은 해독약이었다.

"독만 뽑아내서 그 정체를 분석하면 되지. 안 그래?"

동의를 구하듯 물어본 무영이 새끼손가락에 반지를 끼고 반지 안쪽 부분에 작은 자기병을 갖다 댔다. 그리고는 안마를 하듯이 손가락에 힘을 주기 시작했다.

치익—

거듭 손가락에 힘을 주자 미세한 분출음과 함께 독분이 살포되어 자기병 안으로 들어갔다.

"아주 좋아! 아주 정교한 기술이야!"

무영은 다시 감탄사를 토하며 안마를 하는 동작을 반복했다.

혼이 반쯤 달아난 진설은 멍하니 무영을 바라보고만 있었다.

집에 불이라도 난 듯 다급한 마음에 무영의 말을 곡해했던 것이다. 그의 말처럼 무영은 독을 뽑어내는 당문의 암기 제조술에 대해서 도저히 자신이 없다고 했는데 자신은 그걸 해독약을 만들 수 없다는 것으로 지레짐작하고 난리를 떨었다.

진설은 온몸의 기운이 다 빠진 느낌으로 옆에 있는 의자에 주저앉았다.

작은 반지 안에 어떤 기막힌 암기 제조술이 숨어 있든 말든 그건 상관할 바가 아니었다. 독만 제대로 추출해 분석할 수 있으면 되는 것이다.

다행스럽게도 무영은 계속 독을 뽑아내는 것 같았다.

진설은 눈을 감으며 긴 한숨을 내쉬었다.

피식—

혼쭐이 나서 주저앉은 진설을 보며 무영은 슬쩍 미소를 지었다.

항상 냉정하다가도 자기 아버지와 관계된 일에는 멍청이가 따로 없다 싶을 정도로 변한 그녀가 한심해 잠깐 놀려주고자 했는데 생각보다 그녀가 더 심하게 놀라는 바람에 조금 미안한 생각도 들었다.

'아버지를 아버지라고 떳떳하게 못 부르는 신세라……. 그대 운명도 참 기구하군.'

속으로 중얼거린 무영은 계속해서 독분을 뽑아냈다.

진설은 여전히 눈을 감고 의자에 앉아 있었다.

"그런데 말이야……."

갑자기 터져 나오는 무영의 목소리에 진설은 고개를 번쩍 들었다.

그녀의 눈에 또 뭐가 잘못되었나 하는 불안감이 일렁거렸다.

"놈들이 왜 그대 부친을 아직 살려두었을까?"

무영이 칼날 같은 눈빛을 하며 진설을 쳐다보았다.

"그게 무슨 말인가요?"

진설의 눈 사이가 좁혀졌다.

"이런 정교한 물건을 만들어 줘도 새도 모르게 중독을 시킬 능력이 있는 놈들이 왜 극독으로 단번에 목숨을 끊지 않고 오랜 시간에 걸쳐 서서히 중독시켜 시한부 생명을 만들었을까? 의문이 생기지 않나?"

무영의 지적에 진설은 아무 대답도 못하고 눈만 끔벅거렸다.

지금까지 그녀가 한 일은 머릿속의 잡념을 모두 비우고 명경지수처럼 맑은 정신 상태에서 최고조의 감각을 유지하며 방주의 신변을 보호하는 일이었다. 그런 그녀가 무언가를 골똘히 생각하는 것은 어울리지 않았다.

아니, 그건 절대로 금물이었다.

한순간이라도 딴생각을 하며 주의를 흩뜨리는 것은 그녀

에게 있어 자살행위였다.

그러기에 그녀는 무영의 지적에 강한 의문이 들면서도 그 답은 유추할 수 없었다.

"후후!"

무영이 가볍게 웃었다.

"앞으로는 생각을 하면서 사는 법을 배워. 안 그러면 누가 적인지 분간도 하지 못하고 죽게 될 테니까."

무영이 걱정스럽다는 눈으로 진설을 바라보며 혀를 찼다.

무영의 핀잔에도 불구하고 진설은 아무런 감정이 담기지 않는 눈으로 무영을 마주 보기만 했다.

자신이 아무리 생각을 많이 하고 살아간들 무영에게는 한심한 수준으로 보일 뿐일 것이다. 그러니 억울할 것도, 부끄러울 것도 없었다. 지금 그녀에게 중요한 것은 조금 전 무영의 말대로 왜 놈들이 단번에 방주를 독살하지 않고 번거롭고 시간이 많이 걸리는 방법으로 시한부 생명을 만들었나 하는 것이었다.

"왜 그랬죠?"

진설이 걱정 가득한 표정으로 물었다.

"글쎄… 그걸 풀면 놈들의 다음 행동이 더 정확히 예측될 텐데……. 이유가 뭘까?"

무영이 아는 것도 같고 정말 모르는 것도 같은 표정으로 답했다. 그리고는 계속해서 반지 속의 독을 자기병 속에 뽑아냈다.

"다 됐군!"

어느 순간 무영이 반지를 들어 올리며 이리저리 흔들어보았다.

한참 동안 계속해서 뽑아내던 독분이 더 이상 나오지 않고 미세하게 칙칙거리는 소리만 났다.

"양은 충분한가요?"

진설이 초조한 기색으로 물었다.

무영은 묵묵히 자기병 안을 들여다보다가 가볍게 고개를 끄덕였다.

진설은 안도의 한숨을 내쉬었다. 그리고는 무영이 떨어뜨리지나 않을까 노심초사하며 자기병에서 눈을 떼지 못했다.

"악!"

갑자기 진설이 비명을 질렀다.

그녀의 걱정대로 무영이 움찔하며 자기병을 떨어뜨릴 듯 허둥거렸기 때문이다.

그러나 그건 무영의 또 다른 장난이었고, 자기병은 무영의 손 안에서 안전하게 뚜껑이 닫혔다.

"날 못 믿고 의심하면 앞으로도 계속 간 떨어지는 일이 생길 거야."

무영은 입꼬리를 비틀며 경고한 후 바깥의 동정을 살폈다.

"올 때가 됐는데……."

무영은 약간은 짜증이 난 목소리로 중얼거렸다.

"누가 온다는 말인가요?"

설마 이 숨겨진 공간에 또 다른 사람이 들락거린다는 것이 내키지 않는 듯 진설이 불안한 기색으로 물었다.

"그동안 제자를 하나 얻었지."

"제자?"

"그래. 아주 골치 아픈 놈이야."

"그게 무슨 말인가요?"

진설이 거듭 질문을 던지다가 얼른 입을 다물었다.

밖에서 인기척이 들렸기 때문이다.

"형님!"

창고 문이 열리고 조심스런 목소리가 들렸다. 젊은 청년의 목소리였다.

진설은 움찔 목을 움츠렸다.

아직 해도 뜨지 않은 새벽 시간에 자신과 무영, 단 두 사람만이 이곳에 있다는 사실을 누군가에게, 그것도 젊은 사내에게 발각된다는 것이 절대로 내키지 않았기 때문이다.

"왔군. 만나고 올 테니 그대는 여기에 있어."

무영은 품속을 한 번 확인한 후 숨겨진 공간의 문을 열고 밖으로 나갔다.

"사부님!"

무영을 발견한 마소창이 빙긋 웃으며 고개를 숙였다.

"그렇게 부르지 말라고 했을 텐데?"

무영이 눈 사이를 좁히며 마소창을 쏘아보았다.

"둘만 있을 때는 그렇게 불러야죠. 그래야 저도 마음가짐이 확실해집니다."

마소창이 다시 빙글거리고는 말을 이었다.

"그런데 이 시간에 왜 여기로 오라고 한 겁니까?"

마소창은 도저히 이해가 안 간다는 표정으로 눈을 멀뚱거렸다.

무영은 대답 대신 품속에서 봉서 하나와 한 장의 종이를 끄집어내 마소창에게 건넸다.

"이 종이에 그려진 약도대로 찾아가서 그곳에 있는 사람들에게 이 봉서와 자기병을 전해라."

무영은 손에 든 자기병도 마소창에게 건네주었다.

"특히 그 자기병 안에는 아주 중요한 물건이 들어 있으니 극히 조심을 해야 한다."

"이게 무엇인지……?"

무영의 당부에 마소창은 조심스런 동작으로 봉서와 자기병을 품속에 갈무리하며 물었다.

"그걸 설명하자면 한참 걸리니까 넌 시키는 대로만 하면 된다. 즉시 움직여라."

"알겠습니다, 싸부!"

의문을 접은 마소창이 허리를 깊이 숙이고는 창고를 빠져

나갔다.

"대체 어떻게 돌아가는 일인가요? 제자는 뭐고, 또 그에게 맡긴 일은 무엇인가요?"

빈 공간 안에서 무영과 마소창의 대화를 모두 듣고 있던 진설이 혼란스러운 표정으로 무영에게 물었다.

무영에게 제자가 있다는 것도 천만뜻밖이었고 이런 새벽 시간에 무영이 급히 무언가를 그에게 시켰다는 것도 이해 불능이었다.

"독불장군은 없는 법이지. 시간이 충분하다면 나 혼자서 설쳐 보겠지만 내 예상으로는 시간이 얼마 없을 것 같아. 그러니 도움을 청해야지."

"도움? 누구에게 말인가요?"

진설이 눈을 반짝거렸다.

무영이 혼자가 아니라 누군가 도움을 받을 사람이 있다는 것이 무엇보다 든든했다.

유유상종(類類相從)이라고, 이런 인간과 도움을 주고받는 사람이라면 보지 않아도 어떤 사람들일지 능히 짐작이 갔다.

"무황성이 절대적인 힘을 가진 집단이긴 하지만 그래서 그에 반대하는 세력도 많지."

무영은 의미심장한 표정으로 진설의 질문에 답했다. 그러나 진설은 제대로 알아들을 수 있는 말이 하나도 없었다.

"시간이 없다는 말은 또 무엇인가요?"

“뭔가 불안해. 그만큼 들쑤셨으면 무슨 반응이 있어야 하는데 너무 조용해. 그런데 그것이 어쩐지 폭풍전야의 고요함 같이 느껴져. 조만간 무슨 일이 벌어질지도 모른다는 생각이 들어. 그러니 그때까지는 푹 자두도록 해. 나도 이젠 눈 좀 붙여야겠어.”

진설의 뇌리에 실타래처럼 엉킨 의문을 한 가지도 풀어주지 않은 무영은 입을 다물었다.

‘망할 인간!’

진설은 인상을 쓰며 역정을 삼켰다.

대체 어떻게 돌아가는지 감이라도 잡게 해주었으면 어디가 덧나는가. 단편적으로 던지는 말로는 한마디도 알아들을 수가 없어 답답한 마음만 가중되었다.

“때로는 모르는 게 숙면에 도움이 돼. 그러니 그때까진 푹 자둬. 이건 명령이야.”

무영의 목소리가 귓전을 때리자 진설은 세차게 고개를 흔들며 한숨을 내쉬었다.

‘그래, 모르는 게 약이야. 시시콜콜 다 알고 나면 불안해서 잠이 안 올 거야.’

다시 한 번 한숨을 길게 내쉰 진설은 바깥의 동정을 주의 깊게 살폈다.

“자고 나서 할 일이 있다.”

바깥에 아무도 없다는 것을 감지한 진설이 막 창고 밖으로 걸음을 옮기려는 찰나, 무영이 갑자기 뭔가 생각난 듯 말했다.

"그게 뭔가요?"

"푹 쉬고 나서 염호경의 처소로 가라."

"거긴 왜……?"

진설이 잔뜩 긴장하는 표정을 지었다.

염예령의 처소라면 모를까, 염지검의 딸이자 방주를 중독시킨 그녀의 처소로 간다는 것은 절대로 내키지 않았다.

"네 둘째 오라버니의 딸이면 조카잖아? 그곳에 가라는데 그런 표정은 뭔가?"

무영이 힐난 어린 목소리로 퉁을 놓았다.

"그 애긴 이젠 그만해요! 제발!"

진설이 온 인상을 쓰며 목소리를 높였다.

"좋아, 그렇게 하지. 어쨌든 그곳으로 가서 은신하고 있다가 무슨 일이 생기면 그녀를 납치한 후 적당한 곳으로 데려가서 그곳에 가둬둬."

"납치라니요? 그건 왜?"

진설의 몸이 긴장으로 굳어졌다.

비록 그녀가 방주를 중독시킨 장본인이지만 자신은 아무것도 모르는 상태에서 행한 일이다. 그런데 무영이 납치까지 생각하고 있다는 것은 무언가 불안한 기운을 느끼게 했다.

"시키는 대로 해. 그리고 혹시 그때 염예령이 그녀와 같이

있다면 방해할 수도 있어. 그땐 내 명령이라고 해. 그럼 오히
려 도와줄 거야.”

“대체 무슨……?”

“어서 나가. 누가 와서 보면 혼인길 막히니까.”

무영이 손을 내흔들었다.

*   *   *

대혼란의 불길은 갑자기 터져 나와 조양방을 휩쓸었다.

무영이 진설과 함께 새벽에 조양방주를 찾아가고 그곳에
서 조양패를 손에 넣은 다음 날 아침이 밝았을 때, 조양방 곳
곳에는 한 가지 소문이 어둠이 밀려나는 속도만큼 빠르게 퍼
져 나갔다.

방주가 중독되어 이제 그 수명이 몇 달밖에 남지 않았다는
소문이었다.

그 청천벽력 같은 소문은 채 반 시진도 안 되는 시간 안에
온 조양방에 퍼지며 벌집을 건드린 것 같은 혼란을 야기했다.

누구의 입에서 제일 먼저 그 소문이 흘러나왔는지, 또 그
소문이 어떻게 그렇게 동시다발적으로 조양방 구석구석으로
퍼져 나갔는지는 알 수 없었지만 방주의 목숨이 경각에 달렸
다는 그 소문은 조양방 구석구석에 화탄을 터뜨린 것 같은 충
격을 던져 주었다.

그로 인해 매일 아침 어김없이 펼쳐지던 아침 점호가 생략되었다.

아침 점호는 각 부대 대주들의 주도하에 조장들에 의해서 치러졌는데 대주들 여섯 명이 코빼기도 보이지 않았다. 그러니 조장들도 전전긍긍 사태만 살필 뿐, 점호는 유야무야되어버렸다.

그다음으로 점호가 끝나고 나면 행해지던 간단한 훈련도 취소됐다.

비록 대규모로 펼쳐지는 짜임새있는 훈련이 아니라 조반을 들기 전에 실시하는 간단하고 형식적인 훈련이었지만 그것은 이제껏 단 한 번도 취소된 적이 없었기에 조양방에 덮친 혼란의 정도를 짐작케 해주었다.

점호와 아침 훈련이 끝나면 곧바로 하게 되던 아침 식사도 생략되고 모든 조원들에게 자신의 숙소에서 한 발짝도 나오지 말라는 엄명이 하달되자 조양방 곳곳에서는 동요의 기운이 눈에 띄게 일어나기 시작했다.

하지만 그때까지만 해도 동요 정도에 지나지 않았다.

중독되긴 했지만 방주는 아직 살아 있었고, 또 몇 달이나 더 살 것이라 했다.

그 기간이면 동요를 수습하고 후계 구도를 확실히 해서 조양방의 미래를 더욱 공고히 할 수도 있었다.

대부분의 방도들은 그렇게 생각하며 자신의 숙소에 틀어

박혀 긴장한 기색으로 수군거리고 있었다.

그런데 또다시 수백 개의 화탄이 터지는 것 같은 소란이 일어났다.

점심때가 되어갈 즈음 흑기대와 황기대가 둘째 아들 염지검을 방주로 추대하려 발 빠른 움직임을 보이고 있다는 소식이 급속하게 퍼져 나간 것이다.

그건 전혀 예상 밖의 소문이었다.

아직은 방주가 두 눈 시퍼렇게 뜨며 살아 있고, 후계 구도를 논할 단계도 아니었는데 흑기대와 황기대가 건방지게 누구를 후계자로 추대한다는 말은 월권 중의 월권이고, 더 나아가서는 반역이라고도 할 수 있었다.

그러나 그것을 논죄하기도 전에 이번에는 청기대가 이장로 만조강(曼朝綱)을 추대하고 나섰고, 적기대는 첫째 아들 염지상을 추대하기로 했다는 소문이 자자했다.

정신을 차릴 수 없을 정도로 연이어 일어나는 혼란은 방주가 중독되었다는 소문이 퍼져 나가는 것만큼 동시다발적이었고 신속했다.

그건 마치 때를 기다리던 일들이 잘 짜인 각본에 의해 하나하나 순서대로 행해지고 있는 것 같았다.

흑기대와 황기대가 둘째 아들 염지검을, 청기대가 이장로 만조강을, 적기대가 첫째 아들 염지상을 지지하자 남은 회기대와 녹기대도 가만히 있을 수 없었던지 떠밀리듯 현 방주 염천기를 지지했다.

그건 치지라 할 것도 없었다.

엄연히 현 방주는 염천기였고, 그런 상황에서 새로운 방주 얘기를 입에 올리는 것은 반란 행위라는 가장 원론적인 입장의 표출이었다.

그러나 이미 혼란이 가중된 조양방 내에서 지극히 당연한 그 목소리는 작은 아우성으로밖에 여겨지지 않고 혼란은 더욱 커져만 갔다.

                    *   *   *

"이것이었구나!"

염호경의 처소 근처에 은신해 있으면서 진설은 전신으로 엄습해 오는 두려움에 몸을 떨었다.

어제 새벽 무영의 비밀 공간에서 무영이 했던 말이 한꺼번에 떠올랐다.

놈들이 왜 방주를 극독으로 바로 죽이지 않고 번거로운 방법으로 중독을 시켜 생명을 연장시켜 놓았을까?

무영이 던진 그 의문이 지금까지 내내 풀리지 않았는데 이제야 번갯불이 뇌리를 때리듯 확연히 풀렸다.

사분오열!

놈들이 노리는 것이 바로 그것이었다.

놈들은 결코 조양방에 새로운 질서가 구축되는 것을 원하
지 않았다.

방주가 극독으로 즉사하고 염지검이나 아니면 다른 누군
가가 실권을 장악하여 조양방이 빠르게 안정이 되는 것은 절
대로 그들이 원하는 것이 아니었다.

그들이 원하는 것은 조양방이 끝이 보이지 않는 내분에 휩
싸여 회복 불능으로 갈기갈기 찢겨져 나가는 것이 분명했다.
그러려면 큰아들과 둘째 아들, 그리고 이장로에게도 엇비슷
한 힘이 분산되고 방주에게도 또 그만한 힘이 분산되어 조양
방은 갈기갈기 찢겨 나가야 한다. 그것을 위해 방주를 중독시
킨 채 살려놓은 것이다.

중독된 방주는 예전의 힘을 발휘하지 못하고 제각각 분산
되는 힘의 한 축만을 담당할 수밖에 없다.

놈들은 그것을 원하는 것이다.

그것을 위해 그런 복잡한 방법으로 방주를 중독만 시킨 것
이다.

'간교하기 짝이 없는 놈들!'

진설은 다시 한 번 진저리를 쳤다.

단 하루 만에 이렇게 조양방이 혼란에 휩싸인 것 역시 놈들
의 치밀한 각본에 의한 것이 분명했다. 그렇지 않고는 이렇게
신속히 분란이 확산될 수가 없다.

지금 벌어진 혼란의 대부분은 각 부대의 대주들과 조장들

이 주도하고 있다. 그들이 가만히 있는데 이런 일이 일어나기는 힘들다. 또한 대주들은 물론, 장로들 중 송조격 오장로 말고도 더 포섭되었을 것이라던 무영의 말은 한 치의 오차도 없었다.

"어제 새벽 그렇게 서두른 이유가 이것을 예측한 때문인가?"

진설은 무영의 모습을 떠올렸다.

그답지 않게 서두르며 뭔가를 빠르게 준비하던 무영!

어쩌면, 아니, 그라면 이런 일을 예상했을 것이다. 그래서 제자로 삼았다던 청년을 어딘가로 급히 보낸 것이리라.

먹구름처럼 덮쳐 오던 두려움에 그 자리에 주저앉을 것 같던 진설은 무영의 모습을 떠올림과 함께 마음이 진정되는 것을 느꼈다. 그리고 아랫배 깊은 곳에서부터 한줄기 오기가 치솟아 오르는 기분이 들었다.

'좋아!'

진설은 입술을 질끈 깨물었다.

그가 이런 일을 예측했다면 대비책도 마련해 놓았을 것이다.

그리고 자신이 받은 지시도 그 대비책 중의 한 가지임이 분명했다.

그렇다면 목을 내놓고라도 그 지시를 완수해야 한다.

'저 안에 있는 멍청한 계집애란 말이지?'

염호경을 떠올린 진설의 눈이 살기 어린 광채를 뿜어냈다.

자신은 아무것도 모르고 한 짓이지만 결과적으로 그녀에 의해 방주가 중독당했다.

그것만으로도 사지를 찢어 죽이고 싶었다.

더 나아가 그 아비인 염지검의 가슴에도 깊숙이 검을 꽂고 싶었다.

하지만 그것은 어디까지나 자신 개인의 심정이고, 지금은 무영의 지시를 한 치의 오차없이 이행하는 것이 중요했다.

第十九章

납치(拉致)

장흥관일

스스스—

진설은 벽 그림자 사이로 은밀히 몸을 움직였다.

속전속결로 일을 처리해야 했다. 아직은 어수선한 분위기 속에서 이곳까지 신경이 미치지 못한 것 같지만 나중에는 가족들까지 한곳으로 모여 반란을 일으킬 수가 있다.

그전에 신속히 염호경을 납치해야 한다.

스스스—

벽 그림자를 타고 염호경의 처소까지 스며든 진설은 천천히 은신을 드러냈다.

이제 정원을 가로질러 염호경의 방으로 갈 참이었다.

“누구냐?”

갑작스런 고함 소리가 들렸다.

‘망할!’

진설은 입술을 깨물었다. 염호경의 부친 염지검은 발 빠르게 이곳에 경비를 강화시킨 것 같았다.

파앗―

두 명의 사내가 쏜살같이 진설을 향해 검을 후려쳐 왔다.

복면을 하고 있던 진설이기에 그들은 신원을 확인하고 말고 할 필요도 없이 선제공격을 한 것이다.

파앗―

진설이 바람처럼 앞으로 나아가며 검을 휘둘렀다.

평소라면 손속에 사정을 두었겠지만 지금은 그럴 여유가 없었다. 그리고 방주를 중독시킨 원흉의 딸이 거주하는 이곳을 지키는 인간들이라는 생각에 그녀의 검은 더욱 신랄하게 허공을 갈랐다.

“크윽!”

“큭!”

두 줄기 짤막한 비명과 함께 가슴과 목이 쩍 갈라진 두 사내가 바닥을 굴렀다.

“적이다!”

두 사내의 비명 소리를 들었는지 이번에는 다섯 명의 사내가 염호경의 처소 건물 양옆에서 몰려나왔다.

다섯 사내는 모두 흑기대의 무복을 걸치고 있었다. 염지겸을 지지한 흑기대주가 은밀히 지시를 내려 이곳에 배치한 것이었다.

사내들이 모두 흑기대원들이란 것을 인식한 진설의 눈빛이 더욱 진한 살기를 쏟아냈다.

번쩍—

진설의 검이 차가운 검광을 토함과 동시에 사내 한 명의 목을 베어갔다.

방주의 그림자였기에 이미 대주들의 무공을 뛰어넘는 그녀였다. 거기에 더해 무영으로부터 전해 받은 여섯 초식의 검결 중 세 개를 터득한 뒤였다.

그런 그녀의 검은 다섯 사내의 검 사이로 너무도 쉽게 스며들었다.

"크윽!"

"아악!"

또다시 두 명의 사내가 피를 쏟으며 쓰러졌다.

파앗—

두 사내의 몸뚱이가 바닥에 뒹굴기도 전에 진설의 검이 또 한 사내의 가슴을 향해 쏟아졌다.

서걱—

섬뜩한 음향과 함께 목이 쩍 갈라진 사내가 비명도 지르지 못하고 바닥으로 뒹굴었다.

이제 두 명!

두 명만 더 베고 나면 염호경의 방으로 돌진할 수 있었다.

휘익—

진설의 검이 다시 허공을 격하고 한 사내에게로 쏟아졌다.

사내가 신속히 보법을 밟으며 검을 휘둘렀다. 그와 동시에 다른 한 사내도 어지럽게 검을 뿌렸다.

이들은 이미 쓰러진 사내들보다는 한 단계 위의 실력을 갖고 있었다. 아마도 조장이나 부조장쯤 되는 모양이란 생각이 들었다. 그러나 결과는 마찬가지다. 시간이 조금 더 걸릴 뿐.

휘리릭—

진설의 검이 더욱 신랄한 광채를 토하며 두 사내를 한꺼번에 베어갔다.

두 사내가 합공이라도 하듯 동시에 진설의 검을 막고 역공을 취해왔다.

진설의 검이 이상한 궤적을 그리며 허공에서 여러 개의 잔영을 만들어냈다.

무영에게서 얻은 초식 중 한 가지였다.

파츠츠츠—

갑자기 현란하게 움직이는 진설의 검에 한 사내가 경악한 표정과 함께 검을 쳐올렸다.

그러나 그가 마주한 것은 허초였고, 실초는 그의 겨드랑이로 쑤셔들었다.

“크윽!”

갈비뼈와 심장이 한꺼번에 잘린 사내가 단말마의 비명과 함께 바닥으로 무너졌다.

그 순간 마지막 남은 한 사내의 검이 이상한 궤적을 그리며 날아들었다.

이제까지 조양방 내에서 본 적이 없는 이질적인 검초였다. 그리고 방금 자신이 펼친 무영의 검초에 비해 절대로 아래가 아니었다.

쨍!

진설은 신속히 사내의 검을 쳐내며 사내의 얼굴을 뚫어져라 쳐다보았다.

사내의 입꼬리가 천천히 비틀려졌다.

“이곳에 있으면 뭔가 하나 걸려들 것이라던 공자의 말이 맞았군!”

사내가 낮게 가라앉은 목소리로 중얼거렸다.

‘공자?’

진설의 눈 사이가 급하게 좁혀졌다.

사내가 말한 공자가 누군지는 몰라도 이자는 절대로 조양 방의 사람이 아니었다.

‘그렇다면?’

이자는 그때 자신을 납치한 화설금이란 여인과 한패가 틀림없다.

결론을 내린 진설은 검병을 고쳐 잡았다.

행적이 끊어진 가원을 찾으러 가는 도중 만났던 장창을 든 사내!

그 사내의 창술은 아직도 등골을 서늘하게 만들었다.

방주의 그림자 호위인 자신의 무공으로도 속수무책이었다. 무영이 건네준 검초로 겨우 상대가 가능했다.

이자 역시 그 정도 수준이라면 지금부터는 무영의 검초로만 상대해 나가야 한다.

여섯 초식 중 아직 세 초식밖에 못 익힌 것이 한이었지만 그 세 초식만이라도 익혔다는 것이 큰 자신감을 갖게 했다.

진설은 자신이 익힌 세 초식을 떠올렸다.

그것을 떠올리는 것만으로도 찌르르한 기운이 어깨에서 팔로 전해졌다. 이제 그만큼 검초가 자신의 것으로 몸에 스며들었다는 말이다.

"하앗―"

기합성과 함께 진설은 검초를 펼쳤다.

변초와 허초가 절묘하게 배합된 초식이 진설의 검을 통해 용트림을 했다.

"헛!"

갑자기 천양지차로 달라진 진설의 검초에 사내가 경호성을 토했다. 입가에 비릿하게 피어올라 있던 미소가 사라진 사내의 얼굴에는 당혹감이 가득했다. 이윽고 살기를 가득 피워 올린 사내가 빠르게 검을 휘둘렀다.

까앙—

두 개의 검이 마주치며 불똥이 튀었다.

사내의 검에 실린 역도가 만만치 않음을 느낀 진설은 신음을 삼켰다.

그것은 사내 역시 마찬가지인 듯 눈살이 찌푸려졌다.

변초와 허초가 어지럽게 섞인 검은 상대적으로 그 무게가 가볍기 마련이었다. 그래서 중검으로 맞부딪쳐 갔는데 의외로 진설의 검엔 힘까지 무겁게 실려 있었던 것이다.

"역시 뭔가 있군!"

사내는 진한 경계심을 끌어올리며 검을 들어 올렸다.

"무슨 일이에요?"

두 사람이 다시 마주치려는 찰나, 날카로운 음성이 들렸다.

'젠장!'

진설은 와락 인상을 찌푸렸다.

바깥의 소란에 염호경이 시비 두 명과 함께 밖으로 나온 것이다. 그리고 그녀의 손에는 검이 들려 있었다.

저 멍청이 따위야 겁날 것이 없는데 이자와 함께 덤벼들면 곤란한 일이었다.

겨우 일 합을 겨뤘지만 이자는 절대로 자신의 아래가 아니었다.

그런 상태에서 옆에서 달려드는 검 한 자루는 어린아이의 것이라 해도 큰 위협이 되는 법이다.

"뭐야, 넌?"

복면을 하고 있는 진설을 보며 염호경은 다짜고짜 검을 빼 들며 몸을 날려 왔다.

자신이 걱정하고 있던 최악의 상황이 벌어지는 것을 느낀 진설은 최대한의 진기를 끌어올리며 공격을 해나갔다.

파파팟―

진설의 검에서 무영이 준 검법의 두 번째 초식이 펼쳐졌다.

첫 번째 초식에 비해 한층 더 날카로운 검초였다.

사내도 아까보다 더 어지러운 검초를 펼치며 진설의 검에 대항해 왔다.

째째째쟁―

날카로운 쇳소리가 연이어 울려 퍼졌다.

진설의 등줄기로 뜨거운 기운 한줄기가 스쳐 지나갔다.

그것은 승리에 대한 직감이었다. 비록 사내의 검결이 자신 과 버금갔지만 두 번을 마주치며 미세하게나마 우세를 점할 수 있다는 본능적인 자신감 한가닥이 등줄기를 스친 것이다.

그건 당사자만이 알 수 있는 느낌이었다.

화설금 일행에게 납치되었다 무영에게 구원받은 후 무영 으로부터 직접 몇 번 가르침을 받았다.

그건 스스로 터득한 검초에 기름을 치는 것만큼 효과가 컸 다. 그녀 스스로 터득한 검로가 훨씬 더 매끄러워졌고 엄밀해졌다.

그 매끄럽고 엄밀해진 검초가 지금 승리의 자신감을 가져다주고 있었다.

그런데 저 멍청한 계집애가 문제였다.

저 계집애만 아니라면 승리의 예감을 현실로 만들 수 있겠는데 저 계집애가 초를 치고 있었다.

휘익—

등 뒤에까지 다가온 염호경이 다짜고짜 검을 휘둘러 왔다. 동시에 사내도 같이 검을 휘둘렀다.

진설은 어지러운 보법을 밟으며 두 개의 검을 한꺼번에 쳐냈다.

"어?"

진설의 검이 예사롭지 않다는 것을 느꼈는지 염호경의 눈이 크게 뜨여졌다.

뒤이어 그녀의 얼굴이 찌푸려졌다.

"누구냐니까, 네년은?"

진설의 몸매와 움직임에서 여자라는 것을 간파한 염호경이 신경질적인 고함과 함께 다시 검을 쳐왔다.

'멍청한 계집애. 그걸 알려줄 것 같으면 복면을 썼겠냐? 우선 이 계집애부터……'

진설은 염호경을 먼저 제압한 후 사내를 상대할 생각을 하며 신속히 염호경을 쳐나갔다.

"후후! 그렇게는 안 되지."

진설의 의도를 간파한 사내가 그림자처럼 따라붙으며 검을 휘둘렀다.

진설은 검을 틀어 사내의 검을 막아갔다.

염호경의 검에 비할 바가 아닌 사내의 검이 우선이었다. 그 다음으로 염호경의 검을 쳐냈다.

쨍!

쨍강—

두 줄기 검명이 연이어 터졌다.

"망할 것이!"

뒤쪽에서 염호경의 악쓰는 소리가 들렸다.

두 번씩이나 가슴을 철렁하게 만든 진설을 향해 염호경은 이를 뿌드득 갈았다.

그리고는 검을 휘리릭 돌려 역검을 잡았다.

최근 부친으로부터 비밀리에 익힌 영사비격검법을 펼치기 위함이었다.

휘리리릭—

염호경의 검이 뱀의 혓바닥처럼 어지럽게 움직이며 진설의 등 쪽을 노리고 들었다. 동시에 사내의 검도 시린 살기를 뿌리며 진설의 심장을 베어들었다.

휘리릭—

진설은 등줄기를 노리고 드는 염호경의 검을 우선적으로

쳐내며 보법을 펼쳐 사내의 검을 피해냈다.

그 순간 진설의 눈 사이가 와락 찌푸려졌다.

염호경의 검이 다시 이상한 각도로 꺾이며 진설의 어깨를 잘라온 것이다.

'이 계집이?

가쁜 호흡을 가다듬을 새도 없이 진설은 다시 검을 마주쳤다. 그러면서 살기 어린 눈으로 염호경을 노려보았다.

조양방의 검이 아니었다.

뿐만 아니라 조양방주의 검법인 조양십이검과는 극성이라 할 수 있는 검초였다.

그것이 어떻게 이 계집애의 손에서 펼쳐진단 말인가?

진설의 눈에 어린 살기가 더욱 짙어졌다. 역시 그 아비에 그 딸이란 생각이 들었다.

이 계집애는 그것도 모르겠지만 제 아버지로부터 역천의 검법을 익힌 것이다.

잠시 흔들린 진설의 마음을 읽었는지 사내의 검이 훨씬 더 위협적으로 진설의 가슴 어림을 쑤셔들었다.

"하앗—"

기합성을 지른 진설이 사내의 검을 쳐올렸다. 동시에 변초를 펼치며 사내의 목을 베어갔다.

전혀 예측하지 못하게 변하는 진설의 검초에 사내가 움찔 뒷걸음질을 쳤다.

‘됐다!’

진설은 여세를 몰아 맹렬히 사내를 쳐나갔다.

현란한 변초에 제대로 대응하지 못하고 뒷걸음질을 치는 사내를 계속 몰아붙이면 완전히 목숨을 끊어놓지는 못하더라도 몸 한구석에 깊은 상처 하나 정도는 새길 수 있을 것 같았다. 그러면 그다음부터는 훨씬 쉬워지고 목을 벨 수도 있는 것이다.

“망할!”

세차게 검을 휘둘러 나가던 진설이 역정을 토해냈다.

염호경의 검이 어느새 옆구리를 쑤시고 들어오며 진로를 방해한 것이다.

진설은 사내를 몰아붙이던 검의 방향을 틀 수밖에 없었다.

“망할 계집! 죽여 버리겠다!”

순간적으로 큰 위기를 모면했다는 것을 느낀 사내가 이를 갈며 검을 휘둘러 왔다.

동시에 염호경도 사생결단을 낼 듯 신랄한 검초를 뿌렸다.

진설은 이를 악물었다.

어렵게 잡았던 호기가 염호경의 검에 의해 물거품이 되고 오히려 어려운 지경으로 몰리고 있었다.

결정적인 순간마다 끼어드는 염호경의 검은 그 맥을 차단하며 승패의 방향을 틀어놓고 있었다. 차라리 죽여 버리는 것이라면 쉽겠지만 무영의 지시는 납치였다. 그 때문에 더욱 어려웠다.

진설은 점점 더 조급한 마음이 들었다.

염호경과 함께 나왔던 시비 한 명이 사라지고 없었다. 누군가에게 도움을 청하러 갔음이 분명했다. 그전에 사내를 제압하고 염호경을 납치해야 하는데 일이 꼬이고 있었다.

“하앗―”

진설은 다시 어지럽게 검을 뿌렸다.

마음이 조급하다 보니 검초 또한 흔들리는 것 같았다.

그 흔들리는 틈을 비집고 사내의 검이 쾌속하게 스며들었다.

챙!

사내의 검을 막은 진설이 훌쩍 뒤로 물러나며 상황을 살폈다.

무언가를 발견한 진설의 눈이 반짝 빛을 토했다.

사라졌던 시비가 누군가와 함께 급히 달려오고 있었다. 그런데 시비가 데려온 사람은 다름 아닌 조양방의 무법자, 염예령이었다.

이곳에서 가장 가까운 곳이 염예령의 처소이다 보니 그곳으로 간 모양이었다.

그녀까지 가세한다면 더욱 위험해지는 게 당연하겠지만 무영에게서 들은 말이 떠올랐다.

무영은 염예령이 방해를 하면 자신의 지시라고 말하라 했다. 그럼 오히려 도와줄 것이라 했다.

"이, 이게 대체 무슨 일이야?"

근처에 널브러진 시체를 보며 고함을 친 염예령이 득달같이 검을 뽑았다. 그리고는 진설을 향해 짓쳐들 자세를 잡았다.

아직까지는 진설이 복면을 하고 있었기에 그녀의 검은 추호의 망설임도 없이 진설을 향했다.

진설은 급히 복면을 벗었다.

출렁—

긴 머리카락이 흘러내리며 그녀의 진면목이 드러났다.

"당신은?"

"당신?"

두 마디 고함이 동시에 울렸다. 진설을 익히 알고 있는 염예령과 염호경의 입에서 나온 고함이었다.

두 여인은 도저히 이해할 수 없다는 눈으로 진설을 쳐다보았다. 특히 염호경의 표정은 넋이라도 나간 것 같았다.

할아버지의 그림자 호위가 이런 중요한 순간에 할아버지 곁에 있지 않고 왜 이곳에서 이런 칼부림을 벌인단 말인가?

설마 이 여인이 반란이라도 일으키려 하고 있단 말인가?

염호경은 도저히 풀리지 않는 의문에 검마저 늘어뜨린 채 진설을 쳐다보았다.

“무영의 지시예요. 그러니 이 계집애를 잠시만 맡아주세요.”

두 여인의 혼란스런 심정과는 아랑곳없이 진설은 염예령을 향해 빠르게 말했다.

“무영?”

염예령이 주춤하며 신음처럼 중얼거렸다. 그리고는 차츰 두 눈 가득 어렸던 의혹의 기운이 걷혀갔다.

무영이 어떤 존재인지, 그리고 진설이 무영의 지시를 받고 모종의 일을 수행하고 있다는 것을 알고 있는 그녀였기에 빠르게 상황 파악을 하고 있는 것이다.

“대체 무슨 소리야? 이 여자가 왜 이곳에서 설치는 거야? 아무튼 상관없어! 어서 이 여자를 잡아!”

진설의 말을 들은 염예령의 태도가 이상하게 변해간다고 느낀 염호경이 발작적으로 고함을 질렀다.

“어서! 계집애야!”

자신의 고함에도 염예령이 아무런 반응을 보이지 않자 염호경이 다시 고함을 질렀다.

피식!

염예령이 차가운 미소와 함께 검을 들어 올렸다. 그리고는 염호경을 가리켰다.

“너… 너?”

염호경이 눈을 부릅뜨며 악을 썼다. 그러나 그녀를 겨눈 염예령의 검은 치워지지 않았다.

"밥통! 넌 네 주변에서 어떤 일들이 일어나고 있는지 짐작도 못할 거야. 가르쳐 준다 해도 알아듣지 못할 것이고."

염예령이 다시 한 번 조소를 피워 올렸다.

"어서 할 일을 하세요. 이 멍청이는 내가 상대할 테니."

염예령이 염호경을 막아서며 진설을 향해 소리쳤다.

'대체 그 인간은 정체가 뭐지?'

무영이란 단 한마디에 염예령의 행동이 백팔십도로 달라지는 것을 본 진설이 오히려 멍한 표정으로 염예령을 바라보았다.

"어서요!"

이젠 오히려 염예령이 더 서두르며 진설을 재촉했다.

'이럴 때가 아니지.'

진설이 퍼뜩 현실을 자각하며 검을 들어 올렸다.

어서 이놈을 처치하고 염호경을 납치야 했다. 다행히 염예령이 도와주고 있으니 훨씬 쉬울 것이다.

"시비들이 나가지 못하게 하세요."

진설이 두 명의 시비를 보며 말했다.

"걱정 말아요. 한 발짝이라도 움직이면 수리검을 날려 죽여 버릴 테니까!"

염예령은 두 시비를 흘깃 쳐다보며 엄중한 경고를 했다.

털썩!

두 명의 시비 중 한 명이 새파랗게 질리며 그 자리에 주저앉았다.

"이젠 제대로 해볼까? 슬슬 재미있어지려는 참이었는데……."

진설이 차갑게 웃으며 사내를 향해 다가섰다.

"망할 계집들! 모조리 죽여 버리겠다!"

사내가 이를 뿌드득 갈며 검을 들어 올렸다.

"누가 할 소리!"

진설이 무영이 건네준 검초의 기수식을 잡았다.

"하앗—"

사내가 고함을 지르며 진설을 향해 짓쳐들었다.

"흥!"

콧방귀를 뀐 진설이 어지럽게 검을 휘둘렀다. 무영에게서 얻은 세 번째 검초였다.

검법의 이름은 물론, 초식의 명칭마저도 알지 못하는 검초였다. 그러나 그 검초는 이미 숙달되게 익히고 있었다. 더 깊은 오의를 깨우치는 단계는 아니었지만 익히는 것만으로도 만 근 무게의 자신감을 불어넣어 주었다.

째쨍—

검이 마주치며 불꽃이 튀었다.

휘리릭—

튕겨나는가 싶던 진설의 검이 어느새 방향을 틀어 사내의 가슴을 베어갔다.

대경을 한 사내가 급급히 뒤로 물러나며 진설의 검격에서 겨우 벗어났다.

"이 계집이……."

사내가 분노와 경계심이 한꺼번에 어린 눈으로 진설을 쳐다보았다.

마주칠수록 더욱 날카로워지는 진설의 검초에 사내는 등줄기에 얼음물이 흘러내리는 듯한 기분이었다. 특히 방금 마주한 검초는 허초와 실초의 구분마저 모호해 종잡을 수가 없었다.

"아까 말했지? 점점 재미있어진다고."

진설이 차갑게 웃었다.

"이… 이……."

사내가 벌겋게 달아오른 얼굴로 이만 악물었다.

"대체 이게 어떻게 된 일이야, 이 계집애야?"

염호경이 진설과 염예령을 번갈아 쳐다보다가 염예령을 향해 다시 발작적인 고함을 질렀다.

"계집애?"

염예령의 눈이 사납게 빛났다.

오뉴월 하룻볕이 어딘데 이 계집애는 한 번도 자신을 언니 대접을 해주지 않았다. 어릴 때는 그렇다 치더라도 이젠 대접을 해주어야 하는데 여전히 자신을 부르는 명칭은 계집애였다.

"너같이 멍청한 밥통은 삼박 사일을 설명해 주어도 못 알아들을 테니 포기해. 그리고 계집애 소리 한 번만 더 하면 얼굴에 칼자국을 새겨주겠다."

염예령은 검끝으로 염호경의 얼굴을 가리키며 경고했다.

"뭐가 어째? 이 망할 계집애……!"

파앗―

염호경의 말을 자르며 염예령의 검이 허공을 갈랐다.

"아앗―"

설마 염예령이 진짜로 자신에게 검을 휘두를 것이라고는 생각 못한 염호경이 비명을 질렀다.

주르르―

염호경의 얼굴에서 선혈 한가닥이 흘러내렸다.

염예령은 경고대로 그녀의 얼굴에 칼자국을 남긴 것이다.

"어, 어떡해. 난 몰라……"

염호경이 손으로 얼굴을 쓰다듬다가 손바닥에 묻은 선혈을 보고 온몸을 부르르 떨었다.

"야아악! 죽어 버린다!"

정말로 얼굴에 칼자국이 새겨진 것을 확인한 염호경이 짐승처럼 비명을 지르며 염예령을 향해 검을 휘둘러 왔다.

역검으로 잡은 영사비격검법이었다. 그리고 그것은 염예령이 익힌 조양검법의 천적이라 할 만했다.

"내가 선견지명이 있었지. 안 그래?"

조소를 흘린 염예령도 휘리릭 검을 돌려 역검을 잡았다. 며칠 동안 배운 영사비격검법을 같이 펼치기 위함이었다.

비록 염호경에 비해 수박 겉핥기식으로 배웠지만 그것이 조양검에 천적이라는 것을 알고는 죽어라 검을 휘둘렀다. 그래서 짧은 기간이지만 어느 정도 투로를 익혔다.

지금 이 순간 그 투로를 알고 있는 것만으로도 생판 모르는 것과는 천양지차였다.

쨍―

염호경의 검이 염예령의 검에 부딪치며 튕겨 나갔다.

"치잇―"

염호경이 얼굴을 찌푸리며 역정을 토했다.

이제껏 염예령과는 상대가 안 되는 그녀였다. 그래서 검이 마주친 순간 속절없이 튕겨 나간 것이다.

"밥통!"

염예령이 다시 염호경에게 조소를 흘렸다. 그동안 쌓였던 감정이 오늘에 이르러 한꺼번에 터져 나가고 있었다.

"죽어 버리겠다."

염호경이 이를 빠득빠득 갈며 다시 검을 들어 올렸다.

"넌 내가 너에게 다 가르쳐 준 줄 알겠지만 그런 멍청이가 어딨어? 몇 초식은 숨겨놓았지."

차갑게 웃은 염호경이 색다른 기수식을 취했다.

"꼴에 구르는 재주는 있었군."

염예령이 콧방귀를 뀌었다.

"하지만 개꼬리 삼 년 묻어두어도 소꼬리 될 순 없지."

염예령도 다른 기수식을 잡았다.

"하앗—"

염호경이 앙칼진 고함과 함께 어지럽게 검을 휘둘러 왔다.

염예령도 그에 못지않은 검을 휘두르며 마주쳐 갔다.

휘릭—

두 개의 검이 다시 부딪치려는 찰나, 염호경의 검이 검로를 이탈한 듯 흔들렸다.

그것은 파탄으로 인한 것이 아니었다. 영사비격검법의 기이한 초식 중 하나였다.

파앗—

미끄러지듯 염예령의 검을 피한 염호경의 검이 염예령의 어깨를 스쳤다.

염예령의 어깨에서도 가느다란 선혈이 튀었다.

"망할!"

이번에는 염예령이 역정을 토했다.

아무리 투로를 알고 있다 해도 숙련된 상태와 그렇지 못한 상태는 확연한 차이가 있었다. 게다가 지금의 초식은 투로마저 알지 못하는 것이었다. 그래서 이런 결과에 봉착한 것이다.

"어때? 아주 재미있지? 하지만 아직 멀었어. 이젠 네 얼굴에도 칼자국을 새겨주지.”

염호경이 파란 불꽃이 이는 눈으로 염예령을 노려보았다.

“그래 봐야 넌 개꼬리일 뿐이야, 이 밥통아!”

다시 정검을 잡은 염예령이 비웃음과 함께 선제공격을 해 나갔다. 염호경이 제대로 된 영사비격검법을 펼칠 틈을 주지 않기 위해서였다.

쨍—

쨍강—

연신 검이 부딪치며 염호경이 뒷걸음질을 쳤다.

“망할 계집애.”

수세에 몰리며 공격할 틈을 잡지 못한 염호경이 비명을 터뜨렸다.

이렇게 부딪쳐서는 상대가 안 되는 염호경이었다. 그래서 어떻게든 공격할 기회를 잡으려 했지만 염예령이 그럴 틈을 주지 않았다.

따앙—

마침내 염호경의 검이 그녀의 손을 벗어나 허공으로 튀어 올랐다.

“어때? 개꼬리가 맞지?”

염예령의 염호경의 코끝에 검을 거두며 말했다.

“죽여! 이 계집애야!”

파앗—

염호경의 다른 볼에 다시 칼자국이 새겨졌다.

"그럴 수야 없고, 좀 쉬어!"

염예령이 검신으로 염호경의 늑골 부위를 세차게 가격했다.

"헉!"

갑자기 숨이 턱 막힌 염호경이 눈을 까뒤집으며 뒤로 넘어갔다.

숨을 돌린 염예령은 진설 쪽으로 고개를 돌렸다.

쨍—

쨍강—

진설의 검은 사내의 검과 세차게 마주치며 사내를 몰아치고 있었다.

이미 승기는 진설에게로 기울어져 있었다. 사내는 이제 완전히 수세에 몰려 검을 쳐내기만 하는 상태였다.

'뭔가 잘못됐다.'

사내의 눈이 절망으로 물들었다.

이건 자신이 짐작하고 있던 조양방 떨거지들의 실력이 아니었다.

단 세 초식의 검법이었지만 상승의 무리가 담겨져 있어 마주칠 때마다 가슴이 철렁 내려앉았다.

정말 기가 막히게 배합된 허초와 변초 사이로 신랄하게 터져 나오는 실초들!

점차 공격은 물론, 수비만 하기도 힘들었다.

'이대로는 당한다.'

어느 순간 사내의 눈이 영활하게 빛났다.

쨍―

다시 검이 마주쳤다. 인상을 쓴 사내가 주르르 뒤로 밀렸다.

순간 사내가 땅을 박찼다.

뒤로 밀리는 척하면서 도주하려는 수작이었다.

'이런!'

진설이 당혹성을 삼켰다. 사내가 이런 야비한 수를 쓸 줄 몰랐던 것이다.

파앗―

진설도 땅을 박차며 사내를 쫓으려는 순간, 파육음이 들리며 선혈이 솟구쳤다.

"크윽!"

도주하려던 사내가 가슴을 부여잡으며 두 눈을 부릅떴다.

진설의 검만 경계하느라 뒤에서 날아드는 염예령의 검에 무방비였던 것이다.

사내가 등을 돌려 뒤쪽으로 도주하려는 순간 염예령이 검을 던져 사내의 심장을 꿰뚫어 버린 것이다.

심장에 박힌 염예령의 검을 두 손으로 잡은 사내가 천천히 뒤로 넘어갔다.

염예령은 무감동한 표정으로 사내의 시신을 내려다보고 있었다.

"괜… 찮아요?"

진설이 염예령 옆으로 다가와 염예령의 표정을 살피며 물었다.

비록 조양방주의 손녀 중에서 제일 무공이 뛰어나긴 했지만 자신이 아는 한 염예령은 아직 사람을 죽여보진 않았다. 오늘이 첫 살인인 것이다.

강단있는 남자라 하더라도 첫 살인 후엔 며칠 동안 밥도 먹지 못하고 잠도 제대로 못 자며 악몽에 시달린다.

"괜찮아요."

염예령은 무감동한 표정으로 답했다. 그런 염예령을 진설은 여전히 우려 섞인 눈으로 바라보았다.

"그 사람 덕분에 난 아주 독한 여자가 되었어요."

진설의 우려감 가득한 눈을 의식한 염예령이 다부지게 말했다. 그 말대로 그녀의 눈에는 어떤 혼란도 스며 있지 않았다. 지금 그녀는 마치 무수한 전투에서 살아남은 백전노장 같았다.

진설은 속으로 적이 놀라며 염예령에 대한 평가를 달리했다.

"그런데… 어떻게 된 일이죠?"

염예령이 장내를 돌아보며 물었다. 진설이 이곳에서 칼부림을 하고 있는 상황은 도저히 이해가 가지 않았다.

"설명하자면 길어요. 무영 그 사람이 조양방에 무슨 변고가 일어나면 저 계집애를 납치하여 감금하라고 했어요."

"저 밥통을 왜……?"

염예령이 다시 묻다가 고개를 끄덕였다. 무영이 최근 염호경을 상대로 뭔가를 꾸미고 있었으니 분명 이유가 있을 것이다.

"그럼 어서 납치하도록 해요. 쟤들이 도우면 더 쉬울 거예요."

염예령은 바닥에 주저앉아 덜덜 떨고 있는 염호경의 두 시비를 노려보았다.

"허튼짓을 하면 어떻게 되는지 알겠지? 그러니 시키는 대로 해!"

두 눈을 매섭게 뜨고 시비들에게 겁을 준 염예령은 사내의 가슴에서 자신의 검을 빼냈다. 검에서는 붉은 피가 뚝뚝 흘러내리고 있었다.

시비들이 연신 고개를 끄덕이며 염예령이 가리키는 대로 엉금엉금 기어갔다.

"어서 저 밥통을 일으켜 세우고 옆에서 부축하며 자연스럽게 내 처소로 가!"

염예령의 지시에 시비들이 급히 염호경을 일으켰다. 아직도 그녀는 정신을 차리지 못하고 있었다.

진설은 멍하니 염예령을 쳐다만 보고 있다가 입을 열었다.

"그 사람을 전적으로 믿고 있군요."

"무영 말인가요?"

염예령이 반문하며 진설을 마주 보았다.

"그래요. 아가씨가 그 사람 이름만 듣고도 그렇게 움직이리라고는 상상도 못했어요"

진설이 흐릿한 미소를 지었다.

"할아버지를 팽개쳐 놓고 지금까지 따라다니는 당신만 할까요?"

염예령도 피식 웃으며 대꾸했다.

"그건……."

진설이 뭔가 말을 하려다 입을 다물었다. 달리 반박할 말이 떠오르지 않았기 때문이다.

"서둘러요, 누가 오기 전에."

염예령이 다시 재촉하자 진설이 얼른 앞장을 섰다.

第二十章

선수(先手)

장흥관일

"이렇게 신속할 줄 몰랐어. 세차게 한 방 맞았는걸."

너무나 신속하게 퍼져 나가는 소문에 무영은 고개를 설레설레 흔들었다.

위건화가 조만간 역공을 취해올 것이란 건 예상했지만 이렇게 신속히, 그리고 이렇게 대대적으로 공세를 펼칠 줄은 몰랐다.

단 한 시진 만에 조양방은 집중 포화를 맞은 것처럼 난장판이 되었다, 벌집을 쑤신 것처럼.

그러면서도 위건화의 존재는 쥐꼬리만큼도 드러나지 않았다.

그것이 진정 무서운 점이었다.

놈의 모습은 코빼기도 보이지 않는데 조양방은 놈의 의도대로 사분오열되고 내란의 조짐마저 보이고 있었다.

실로 탁월하고 효과적인 술책이라 할 수 있었다.

이렇게 몇 번 더 흔들리고 나면 틀림없이 조양방은 내란에 휩싸일 것이다. 그렇게 되면 놈은 한층 빠르게 움직이며 마지막 순간까지도 혼란의 불길이 지속될 수 있게끔 조종할 것이다. 그리고 더 이상 탈 것이 없을 정도로 힘이 소진되고 난 후에 사라질 것이다.

"만만치 않은 놈이야. 이젠 감탄스럽기까지 한걸."

무영이 고개를 흔들었다.

그쯤 했으면 꼬리를 드러낼 만도 한데 놈은 여전히 모습을 보이지 않으면서 능숙하게 혼란을 조장하고 있다.

"다른 흑도 방파도 사천의 천가보처럼 흔적없이 무너뜨려야 하니 끝까지 모습을 드러내지 않고 놀고 싶겠지만 그렇게는 할 수 없는 일! 김이 빠지도록 해주지."

무영은 천천히 자신의 비밀 공간을 빠져나왔다.

*　　*　　*

"대체 어떻게 돌아가는 일인가?"

무영이 회기대 이십조의 숙소로 돌아왔을 때 방소추가 왕

방울만 해진 눈으로 무영에게 질문을 던졌다. 뭔가 일이 벌어질 것이라고는 알고 있었지만 이번 일은 너무나 갑작스럽고 예상 밖이었다.

비상 대기 명령으로 자리를 지키고 있던 다른 조원들도 우르르 몰려들며 무영의 입술만 쳐다보았다.

"놈들이 수작을 부리고 있는 것입니다."

무영이 짤막하게 답했다.

"놈들의 수작이라니? 무황성이 지금의 일을 꾸몄단 말인가?"

부조장 막여상이 긴장된 표정으로 말을 받았다.

무영은 무겁게 고개를 끄덕였다.

"그, 그렇다면 방주님이 중독되었단 말도 사실인가?"

이번에는 정대룡이 불신에 찬 표정으로 질문을 던졌다. 그렇게 되면 정말 큰일이라는 생각이 그의 눈에 고스란히 드러났다.

"사실입니다."

무영이 간단하게 시인했다.

"무슨 이런 일이!"

"설마?"

"대체 놈들은 언제 그런 일을 꾸몄단 말인가?"

강퍅한 인상의 장도익이 분기탱천한 모습으로 고함을 질렀다. 그와 동시에 제각각의 질문이 쏟아져 나왔다.

무영이 손을 들어 올렸다.

"지금은 그것이 중요한 게 아니고, 앞으로 여러분이 어떻게 하느냐가 중요합니다."

"그, 그렇지. 조만간 이런 일이 벌어질 것이란 것은 자네에게 신고식을 당하던 날 익히 짐작한 일이지. 그럼 우린 앞으로 어떻게 하면 되겠나?"

정대룡이 제일 먼저 나서며 무영의 말을 기다렸다.

무영이 잠시 말을 멈추고 조원들을 마주 보았다. 그의 표정에 순간적으로 갈등의 빛이 어렸다.

"왜 그러나? 자네가 그런 표정을 지으면 간이 오그라드는 기분이 들지 않는가?"

정대룡이 무영을 보며 목소리를 높였다.

"그래, 자네에게 그런 표정은 안 어울려. 그러니 괜한 무게 잡지 말고 평소대로 하게."

장도익도 눈살을 찌푸리며 정대룡의 의견에 동조했다.

잠시 무거운 표정을 지었던 무영이 피식 웃었다.

"나중에 제 진면목을 알게 되면 어떻게 나올지 두렵군요."

"글쎄……. 그게 어떤 건지는 모르겠지만 일단은 안 어울려. 그러니 평소대로 하게."

이번에는 유상도가 손사래를 치며 말했다.

"그런데 무슨 말을 하려고 그런 표정을 지은 건가?"

조장 방소추가 적이 걱정스런 표정으로 무영을 쳐다보았

다. 다른 조원들과 달리 그는 순간적으로 굳어지는 무영의 표정에서 심상찮은 느낌을 받은 것이다.

"이번에는 정말로 독단을 드셔야 할 것 같습니다."

잠시 침묵을 지켰던 무영이 딱딱한 음성으로 말했다.

독단이라는 말에 조원들이 움찔하며 무영을 쳐다보았다.

저번에는 독단으로 알고 먹었지만 다행히도 독단이 아니고 영단이었다. 그래서 전환위복으로 공력이 증대되었는데 무영의 표정을 보아하니 이번에는 정말 독단인 모양이란 생각이 들었다.

"설마… 비밀을 지키기 위해서 우리가 모두 죽어주어야 하는 것은 아니겠지?"

잠시 후에 대머리사내, 조임중이 무겁게 가라앉은 목소리로 물었다.

그는 사천성에서 죄를 짓고 지명 수배되어 변장을 한 채 이곳까지 숨어든 처지라 생각이 그런 쪽으로 돌아갔다.

평소 하루에 세 마디도 제대로 하지 않던 조임중의 말에 실내의 분위기는 삽시간에 가라앉았다.

"정말 그런 것인가? 살인멸구를 해야 하는 것인가?"

부조장 막여상이 굳은 얼굴로 무영을 바라보았다. 평소라면 그런 생각을 안 했겠지만 방 내의 상황이 어수선하니 별생각을 다 하게 되었다.

"그렇다면 어떻게 하시겠습니까?"

속으로 쓴웃음을 삼킨 무영이 도로 질문했다. 사공이 많다 보니 배가 산으로 올라가고 있었다.

"젠장! 이럴 줄 알았다니까! 결국 이용만 당하고 나중에는 버려지든지 죽어 나자빠지든지……!"

하만호가 악을 쓰며 눈에 핏발을 세웠다. 그리고는 당장에라도 유성추를 날릴 듯한 자세를 잡았다.

"하하!"

무영이 결국은 실소를 토했다.

그동안 혼자 은밀하게 움직이며 이들에게 별다른 일을 시키지 않은 것이 이런 불안감을 불러일으킨 모양이다.

"아예 소설들을 쓰십시오. 모두들 그쪽으로 더 소질이 있는 것 같습니다."

"……!"

"젠장!"

잠시 자신이 너무 비관에 빠졌다는 것을 느낀 하만호가 역정을 토하며 어깨를 늘어뜨렸다.

"하긴, 자네가 살인멸구를 하려 했으면 손 몇 번만 흔들면 될 일인데 번거롭게 독단을 먹이고 자시고 할 필요도 없겠지."

부조장 막여상이 고개를 끄덕이며 한숨을 내쉬었다. 뒤를 이어 다른 사람들도 긴 한숨을 토했다.

"그런데 독단은 왜 먹으라는 것인가? 아니, 그 독단은 어떤 효력이 있는 것인가?"

막여상이 다시 물었다.

"위험부담이 커서 되도록 이런 수법은 쓰지 않으려고 했는데 일이 너무 급박하게 돌아가는 바람에 어쩔 수가 없게 되었습니다. 엄밀하게 말하면 독단이 아니라 독무(毒霧)입니다."

며칠만 시간이 더 있었으면 소리없이 해결하려고 했는데 놈이 먼저 선수를 쳤다. 이젠 비상조치를 취해야 할 터였다.

"독무라면 독 연기 말인가?"

"그렇습니다. 독 연기입니다. 그 독무를 들이켜면 이후 약 삼 일 동안 여러분은 평소 능력의 몇 배에 해당하는 힘을 뿌릴 수 있습니다. 전 지금 여러분의 그 힘을 필요로 합니다."

말을 멈춘 무영이 의향을 묻는 듯 조원들을 바라보았다.

"평소보다 몇 배의 힘이 생긴다면 그야말로 꿈같은 일이 아닌가?"

유상도가 들뜬 표정으로 무영을 쳐다보았다. 다른 사람들도 뭐가 문제냐는 듯이 고개를 끄덕거렸다.

"세상에는 공짜가 없는 법이지요. 그런 식의 일에는 그만한 대가가 따르기 마련입니다. 갑작스런 힘의 격발은 이후에 그만한 후유증이 생깁니다."

"…구체적으로 어떤 후유증인가?"

잠시 후 조장 방소추가 물었다.

"독무의 효력이 사라지는 사흘 후부터 지독한 근육통에 시달릴 수 있습니다."

"그쯤이야 뭐… 칼에 베이고 불로 지지는 듯한 통증도 며칠씩이나 참아냈는데……."

"근육통이 사라지고 나서부터 내장이 꼬이며 복통이 올 수도 있습니다."

"작년에 뭘 잘못 먹고 겪은 복통만큼이야 하겠어?"

"복통과 함께 근육이 뒤틀리고 내장과 근육의 파열이 올 수도 있습니다."

"그건……."

"그리고 진기가 역류하여 혈맥이 가닥가닥 끊길 수도 있습니다."

"……."

"그렇게 되면 죽지도 살지도 못하는 상태에서 평생 지독한 고통에 시달리며 반송장으로 지낼 수도 있습니다."

"……."

"……."

"더 심하면 그런 과정을 모두 생략하고 칠공에서 피를 토하며 죽을 수도 있고, 한 줌 혈수로 녹아내릴 수도 있습니다."

긴 침묵이 이어졌다.

그 침묵을 깨뜨린 사람은 조장 방소추였다.

"이번에도 역시 겁부터 주는군. 설마 전부 그렇게 된다는 건 아니겠지?"

방소추는 무영을 뚫어지게 쳐다보았다.

저번에도 자신의 일에 동참하겠느냐고 하면서 무영은 먼저 겁부터 주었다. 그러나 그동안 은원보까지 얻으며 잘 지내왔다.

"물론 그건 최악의 경우를 말함이고, 저번에 삼킨 알약으로 인해 약간의 근육통과 착란 증세만 느끼고 멀쩡할 수도 있습니다. 하지만 절대로 장담할 수 없습니다."

무영이 여전히 진지하게 답했다. 그 표정만 보아서는 대체 어떤 증상이 더 확실히 일어날지 판단할 수가 없었다.

다시 침묵이 이어졌다.

"자네도 그렇게 하면 더 강해지는가?"

조장 방소추가 물었다.

"하수들에게나 통용되는 술법입니다."

무영이 미소와 함께 답했다.

"난 하겠네. 자넬 따라다니면 재미가 쏠쏠하거든."

이번에도 정대룡이 제일 먼저 나서며 품속에 있던 은원보 두 개를 꺼내 쨍! 하고 마주쳤다.

그건 얼마 전 방소추가 무영의 지시를 받고 위건화 일행이 떠난 빈집을 뒤지다 얻은 것이었다. 방소추는 한 개도 남기지 않고 쓸어온 은원보를 조원들에게 똑같이 나누어 주었다. 그것만으로도 이 년치 봉급을 뛰어넘었다.

"나도 하겠어. 지금 와서 뒤로 물러나면 금자 삼백 냥은 물 건너갈 것 아닌가?"

막여상도 고개를 끄덕이며 나섰다. 그 뒤를 따라 다른 사람들도 동의를 했다.

"안 하겠다면 죽이겠지?"

마지막으로 사천성의 지명수배자 조임중이 물었다.

"그럴 수도… 있습니다."

무영이 빙긋 웃으며 답했다.

"젠장! 어서 시작하게. 이번에도 모두 자발적으로 참여하는 모양새를 갖추었으니 칠공에서 피를 토하고 죽어도 불만은 없을 걸세."

장도익이 목소리를 높이며 재촉하자 무영은 품속으로 손을 넣어 무언가를 끄집어냈다.

그것은 뜻밖에도 몇 장의 부적이었다.

독무를 들이켠다는 말에 무슨 독초라도 태울 것이라 예상했던 조원들은 의구심 가득한 눈으로 무영의 손에 들린 부적을 쳐다보았다.

"엇!"

누군가 경호성을 터뜨렸다. 무영의 입에서 음울한 주문이 흘러나오고 뒤이어 무영의 손가락 사이에 잡힌 부적에서 불꽃이 솟아올랐기 때문이다.

화르르—

불꽃은 금방 활활 타올라 부적을 태우기 시작했다.

푸스스 하는 소리와 함께 어느 순간 불꽃 사이로 붉은색 연기가 새어 나오기 시작했다.

처음에는 무영의 손가락만 겨우 가릴 정도로 약하게 피어오르던 붉은 연기는 핏빛 구름처럼 순식간에 실내를 채워 나갔다.

"이, 이게 뭔가?"

마치 지옥의 불길처럼 혀를 날름거리며 다가오는 혈무에 장도익이 주춤주춤 뒤로 물러나며 물었다.

"아까 말한 독무입니다. 입을 다물고 코로 깊이 들이마시십시오."

이젠 혈무에 완전히 모습이 가려진 무영이 침착한 목소리로 말했다.

"정말 근육통만 일어나고 괜찮을 수도 있단 말이지?"

유상고가 다시 물었다.

"한 줌 혈수로 녹아내릴 수도 있습니다."

무영이 여전히 겁을 주었다.

"젠장! 자넨 죽어서 절대로 좋은 곳으로는 못 갈 걸세!"

장도익이 악담을 하며 코로 핏빛 연기를 깊이 들이켰다.

연기란 것은 들이켜자마자 숨이 턱 막히며 기침을 토해내게 만들기 마련이다.

그러나 무슨 조화 속인지 부적에서 피어오른 핏빛 연기는 숨을 막지도, 밭은기침을 토하게도 하지 않았다.

코로 스며든 핏빛 연기는 순식간에 전신으로 퍼져 나가는 기분이었다.

그리고는 온몸이 허공으로 붕 떠오르는 느낌이 들었다.

잠시 후 붉은 연기가 모두 사라졌다. 그리고 약간은 창백해진 무영의 모습이 드러났다.

"다 된 것인가?"

조장 방소추가 다시 한 번 심호흡을 하며 물었다.

여전히 기침은 올라오지 않았고 무슨 변화 같은 것도 느껴지지 않았다.

"다 되었습니다. 얼마 있으면 능력이 격발될 겁니다."

무영이 고개를 끄덕였다.

"내 생전 이런 괴상한 경험은 처음이네. 대체 자네, 정체가 무엇인가? 부적으로 이런 조화를 부리는 것을 보니… 혹시 마교의 인물인가?"

막여상이 무겁게 가라앉은 표정으로 무영을 쳐다보았다.

처음부터 정파의 인물이 아닐 것이란 짐작은 했지만 부적을 들고 음울한 주문을 외워 이런 조화를 부리는 무영의 모습에서 소름 돋는 사이함까지 느낀 것이다.

"죽고 싶습니까?"

무영이 흐릿한 미소와 함께 말했다.

어느새 그의 눈빛도 차갑게 가라앉아 여차하면 조원들을

하나도 남김없이 죽일 수 있을 것 같았다.

"아니, 아닐세. 어차피 자네에게 저당 잡힌 목숨, 마교면 어떻고, 지옥교면 어떤가? 끝까지 가볼 수밖에……."

막여상이 손사래를 치며 장탄식을 토했다.

자신들의 심정을 막여상이 먼저 나서서 대변해 준 때문인지라 다른 사람들도 아무 말 하지 않고 긴장된 표정으로 무영의 다음 말만 기다렸다.

"오늘 저녁이나 내일 아침이면 틀림없이 방 내에 더 큰 분란이 일어날 것입니다. 그때 여러분은……."

계획을 설명하던 무영이 말을 멈추었다. 그리고는 창밖으로 고개를 돌렸다. 밖에서는 큰 소란이 일고 있었다. 그 소란 속에서 한 명의 사내가 황급히 이십조의 숙소로 뛰어왔다.

"염지검 대인을 지지한 흑기대와 황기대가 자리를 이탈하여 염지검 대인의 숙소로 몰려갔습니다. 그곳에서 진을 치고 염지검 대인의 명을 기다릴 모양입니다. 그렇게 되면 이장로를 지지한 청기대는 이장로 처소로 몰려갈 것이고, 염지상 대인을 지지한 적기대는 염지상 대인의 처소로 몰려갈 것입니다. 우리는 녹기대와 함께 즉시 방주님의 처소로 달려가 그곳을 지키라는 대주님의 명입니다."

회기대 십구조의 대원이 헐떡거리며 소식을 전하고는 다시 자기 처소로 달려갔다.

‘정말 번갯불에 콩 볶아 먹을 놈이로군.’

무영은 바깥에 이는 소란을 보며 또다시 한 방 먹었다는 표정을 지었다.

자신은 빨라도 오늘 저녁에나 대치 상황이 일어날 것이라고 생각했다. 그래서 조원들에게 그에 대한 지시를 내리려고 했는데 말을 꺼내기도 전에 상황이 발생했다.

이것 역시 위건화의 지시에 의한 것이 분명했고, 너무나 빨랐다.

“하—”

무영은 결국 헛웃음을 토했다.

“자네가 말한 분란이 이건가?”

조장 방소추가 잔뜩 긴장한 표정과 함께 말했다.

지금까지 한솥밥을 먹던 조양방의 무사들이 단 반나절 만에 사분오열되어 대치 상태로 들어갔다. 그렇게 되면 다음 수순은 서로 치고받고 싸우며 동료들의 손에 죽든지 동료들을 죽이고 살아남든지 하는 일밖에 없다.

가장 무서운 적은 외부의 적이 아니라 내부의 적이라 했는데 이대로 나간다면 내부에서 분란이 일어난 조양방은 순식간에 무너질 것이다. 그리고 그 분란이 종식된 후 새로운 질서와 함께 다시 일어설 수 있을지는 아무도 장담하지 못할 것이다.

“최악으로 치닫고 있군요. 부조장님, 내 사물함 속에 있는 물건을 모두 가져오십시오."

무영이 막여상을 보고 빠르게 지시했다.

"알겠네."

막여상이 즉시 몸을 움직여 무영의 사물함 속에 든 커다란 보따리를 가지고 왔다.

모두들 그 보따리가 무언지 궁금증이 가득한 눈으로 쳐다보았다. 그러나 무영이 보따리를 풀자 조원들은 어리둥절한 표정으로 서로의 얼굴을 쳐다보았다.

무언가 상상도 못한 기이한 것이 들어 있지 않나 잔뜩 기대를 했던 보자기 속에는 몇 장의 종이와 여러 벌의 무복이 차곡차곡 들어 있었다.

그것은 조양방 무사들의 무복이었다.

녹기대와 회기대의 무복을 뺀 흑, 적, 청, 황색의 무복은 각각 두 벌씩 여덟 벌이었다.

*   *   *

번갯불에 콩 구워 먹을 일은 연속으로 발생했다.

방주의 둘째 아들 염지검을 지지한 흑기대와 황기대 중 황기대가 큰아들 염지상을 지지한 적기대를 공격한 것이다.

물론 전면전은 아니었다.

황기대의 인원들 중 스무 명이 자신들이 진지를 치고 있는 곳에서 가장 가까운 곳에 있던 적기대의 한쪽 진영을 기습 공격한 것이다.

무릇 공격에 있어 기습이란 것은 그만큼 유리하고 또 소수의 인원으로 최대의 효과를 볼 수 있다. 그 때문에 황기대 스무 명의 공격을 받은 적기대는 우왕좌왕하는 사이에 순식간에 열 명의 조원을 잃었다.

뒤늦게 전열을 정비하고 제대로 대처하려고 하자 황기대 조원들은 바람처럼 사라져 버렸다. 물론 황기대 조원들은 단 한 명의 피해자도 없었다.

기습 공격을 받고 열 명의 조원을 잃은 적기대는 벌집을 쑤신 듯이 들끓어 올랐다.

이백 명의 적기대 조원 중 열 명은 미미한 손실이라 할 수 있었다. 그리고 전면적으로 번지지 않고 그쯤으로 끝난 것은 다행이라 할 만했다.

피해는 그리 크지 않았지만 중요한 것은 사상자가 생겼다는 것이다.

싸움을 함에 있어서 서로 말로만 으르렁거리는 것과 실제로 한 번이라도 주먹이 오간 것은 천지 차이이다.

주먹이 오감으로 인해서 비로소 목숨이 오가는 싸움이 시작되는 것이다.

갑자기 방 내에 분란이 일고 여섯 개의 부대가 네 개로 갈라지며 소용돌이 속으로 휘말릴 때까지도 대부분의 조원들은 설마하는 심정에 젖어 있었다.

눈에 핏발이 선 선두 조 조장들의 선동과 그들의 말에 동조하는 일부 조원들에 의해 반쯤 끌려가듯 자리를 이탈하여 각자의 장소로 이동했지만 뭐, 이러다 좋은 방향으로 해결되겠지 하는 생각들이 가슴 밑바닥에 자리하고 있었다.

아무리 지지하는 사람이 다르고 소속이 달랐지만 어제까지만 해도 술자리를 같이했던 동료들이다. 그들 중에는 자기 부대의 동료보다 더 친한 사람들도 있었다. 그런 그들을 향해 하루아침에 안면을 바꾸고 칼부림을 한다는 것은 절대로 내키지 않았다. 그래서 방도들 대부분은 한동안 이렇게 세력 과시를 하다가 타협점을 찾고 어떤 식으로도 해결을 볼 수 있을 것이라는 기대를 하고 있었다.

그런데 그런 기대를 무참하게 짓밟아 버리는 칼부림이 일어나며 적기대의 조원 열 명이 난도질을 당한 채 목숨을 잃었다.

대체 어떤 놈들이, 그리고 무슨 불구대천의 원한을 졌다고 그렇게 갑작스런 기습을 하고 어제까지 술자리를 같이하던 동료들을 베어버렸는가 하는 것은 따질 겨를이 없었다.

같은 조, 더 나아가 옆자리에서 잠을 잤던 동료가 분수처럼 피를 흘리며 그들이 흘린 피 냄새가 사방으로 자욱이 퍼져 나가자 적기대 대원들의 눈이 뒤집히기 시작했다.

그들에게 있어 황기대는 더 이상 동료가 아니었다. 이젠 마

주치기만 하면 무조건 베어버려야 하는 철천지원수가 된 것
이다.
　조양방의 대혼란은 황기대에 의한 적기대의 기습으로 본
격적인 막이 오르기 시작했다.

第二十一章

격발(激發)

장흥관일

"수고 많았다!"

"수고랄 것도 없더군요. 그냥 팔 운동 몇 번 했습니다. 흐흐흐!"

흑기대와 황기대가 새로이 자리를 잡은 염지검의 처소 한쪽 지하실에서 몇 명의 사내들이 낮은 음성으로 대화를 나누고 있었다.

모두들 황기대의 복장을 한 사내들이었다. 그런 그들의 눈은 이상한 광기로 번득이고 있었다.

그 광기는 살기였다.

뿐만 아니라, 사람을 죽여본 인간의 눈에서나 뻗어 나오는 기운이었다.

그들은 조금 전 적기대를 급습하여 열 명의 사망자를 낸 장본인들이었다.

"피를 본 이상, 이젠 돌이킬 수 없게 되었다. 가만히 놓아두어도 들끓어 오른 적의로 인해 피비린내 나는 싸움으로 번질 것이다."

중년의 사내가 가라앉은 음성으로 말하며 품속으로 손을 넣었다.

품에서 빠져나온 그의 손에는 묵직해 보이는 전낭이 들려 있었다.

"약속한 대로 황금 백 냥이다. 오늘 일을 성공시킨 사람들에게 다섯 냥씩 나누어 주도록 해라."

중년인이 몇 명의 사내 중 제일 앞의 사내에게 전낭을 던졌다.

황금 백 냥이라는 중년인의 말에 사내들의 표정이 대번에 밝아졌다.

"흐흐!"

전낭을 받아 든 사내가 속의 내용물을 확인한 후 만족한 웃음을 지으며 전낭을 흔들었다.

쩔렁!

금자가 발출하는 특유의 울림에 사내들도 같이 웃었다.

"그럼 다음 지시가 있을 때까지 대기하도록. 그리고 절대로 너희들이 적기대를 급습했다는 티를 내지 않도록.”

중년 사내의 지시에 황기대 복장을 한 사내들이 고개를 깊이 숙인 후 은밀히 밖으로 빠져나갔다.

황기대 복장을 한 사내가 모두 나가자 중년 사내는 의자에 몸을 묻고 차가운 미소와 함께 허공을 응시했다.

“흑기대주도 잘하고 있겠지? 언젠가는 내 손에 제거되겠지만 그때까지는 열심히 제 몫을 해줘야지.”

낮게 중얼거린 황기대주 야옥진(也玉珍)은 품속으로 손을 넣었다.

번쩍─

놀랍게도 그의 손에는 메추리 알만 한 야명주 두 개가 들려 있었다.

한 개로도 수천 금에 해당한다는 야명주!

그 야명주 두 개면 인간의 영혼을 팔 수도 있을 것 같았다.

“호호호!”

야명주를 품속에 갈무리한 야옥진은 나직한 웃음을 흘렸다.

이제 며칠이 지나면 조양방은 무너지고 새로운 질서가 구축된다. 그 과정에서 얼마간의 희생은 따르겠지만 그건 고금을 막론하고 새로운 질서 창출에 필수적으로 수반되는 희생일 뿐이다.

염천기에 의해 세워지고 그 아들들에 의해 통치되어 온 조양방은 얼마 후면 염씨 일족이 축출되고 자신들의 것이 될 터이다.

아마도 처음에는 둘째 아들 염지검이 방주가 되겠지만 그 역시 정해진 순서대로 제거되고 나면 자신에게도 기회가 올 수 있다.

그러기 위해서는 지금부터 며칠 동안 최대한 혼란을 확대시켜야 한다. 그런 과정에서 염씨 일족이 사분오열되며 골육상잔을 벌이게 해야 한다.

야옥진은 얼굴에 피어오른 탐욕스런 미소를 지운 채 몸을 일으켰다.

계속해서 또 다른 혼란을 조장하기 위해서였다.

덜컹!

야옥진이 향하려던 지하실의 문이 다시 열리며 부하 두 명이 뛰어들었다.

"잊은 것이라도 있느냐?"

야옥진은 눈살을 찌푸리며 두 명의 부하를 쳐다보았다.

야옥진의 눈이 조금 크게 뜨여졌다.

두 명의 사내는 분명 황기대원 복장을 하고 있었지만 조금 전에 나간 부하들이 아니었다.

방금 나간 부하들은 그간 자신이 포섭한 선두 조 조장 몇 명과 그들의 심복이라 할 수 있는 조원들이었다. 그런데 이들 두 명은 생소한 얼굴들이었다.

"누구냐, 너희들은?"

야옥진은 분노한 표정을 지으며 고함을 질렀다.

이곳은 방금 나갔던 부하들만 알고 있고 그들만 드나들 수 있었다. 그리고 아무리 급박한 일이 있어도 다른 사람을 보내서는 안 되는 곳이었다.

딸각—

문에서 다시 소음이 울렸다.

문이 열리지 않게 안에서 고리를 잠그는 소리였다.

비로소 심상찮은 기색을 느낀 야옥진은 즉시 검을 빼 들었다.

우우웅!

조양방 황기대 대주이자 파풍검(破風劍)이란 별호를 얻고 있는 야옥진이었다.

그가 검을 빼 들자 지하실 내부가 한 자루 검으로 가득 차는 느낌이 들었다.

예고없이 실내로 들어서서 문을 잠근 후 두 사내도 그 기운을 느꼈는지 잠시 주춤거리는 모습을 보였다.

"누구냐고 물었다!"

사내들의 주춤거리는 모습에서 경계심을 조금 누그러뜨린 야옥진이 다시 질문을 던졌다.

"가능할까?"

야옥진의 질문과는 상관없이 한 사내가 뒤를 돌아보며 물었다.

"한 사람이면 힘들고, 두 사람이 합세하면 충분하다고 했으니 가능하겠지."

뒤에서 문고리를 걸었던 사내가 답했다. 그러나 완벽한 확신은 없는 목소리였다.

"이놈들이……!"

자신의 질문에는 아랑곳없이 서로의 대화에만 몰두하고 있는 두 사내를 보며 야옥진은 불같이 분노했다. 그리고는 당장에라도 검을 내려칠 자세를 잡았다.

그때 비로소 한 사내가 눈을 맞춰왔다.

사내의 눈에는 이상한 빛이 일렁거리고 있었다.

맹수의 눈에서 뿜어져 나오는 살광 같기도 하고 금방이라도 선혈이 뚝뚝 떨어질 듯한 혈광 같기도 했다.

"우리 정체를 알 필요도 없고… 배신을 했으니 죽어주어야겠소."

사내가 조금 더 진한 안광을 빛내며 비릿하게 웃었다.

"죽어라!"

앞에 선 사내의 말이 끝나기도 전에 뒤에 선 사내가 고함을 지르며 손을 뻗었다.

번쩍!

사내의 손목에서 하얀 광채가 번뜩이며 창날을 닮은 물체가 튀어나왔다.

창날 뒤에 창대 대신 가느다란 철삭이 달려 있는 유성추였
다.
휘이익―
유성추는 그야말로 섬전 같은 빠르기로 야옥진의 목을 꿰
뚫어갔다.
느닷없는 기습에 야옥진은 대경하며 들고 있던 검을 세차
게 뿌렸다.
까앙―
금방이라도 야옥진의 목을 꿰뚫을 것 같던 유성추가 쾌속
하게 휘둘러진 검에 부딪쳐 허공으로 튀어 올랐다.
유성추를 다루는 무인들에겐 이 순간이 가장 위험했다.
아무리 추 뒤에 철삭이나 은사가 달렸다고는 하지만 은사
나 철삭이 출렁거리며 이렇게 튀어 오른 유성추는 촌각의 순
간이나마 제어력을 잃어버린다. 그때 상대의 검이나 장력이
날아들면 단번에 수세에 몰리고 만다.
물론 그 단점을 은사나 철삭이 늘어진 거리로 보완을 하지
만 이곳은 비좁은 실내다 보니 철삭을 충분히 늘어뜨리지 못
해 단점만이 고스란히 노출되었다.
그러나 그것은 일대일의 대결에 한한 얘기였다.
유성추가 튀어오르며 드러난 파탄 속으로 야옥진이 검을
뿌리려는 찰나, 앞에 서 있던 사내가 한발 앞서 도를 뿌렸다.
사내의 도에서 살이 에일 듯한 기운이 흘러나왔다.

유성추를 날린 사내에게 일검을 날리려던 의도를 접은 야옥진이 검을 틀어 가슴을 쪼개오는 도를 마주쳐 갔다.

까앙—

도와 검이 부딪치며 실내에 쇳소리가 진동했다. 그 진동파에 벽에 걸린 횃불 두 개가 부르르 떨며 춤을 추었다.

"이, 이게?"

황기대주 야옥진이 눈을 부릅떴다.

도에 부딪친 검에서 전해져 오는 충격이 팔을 시큰하게 만들었기 때문이다.

검에 비해서 도가 아무리 무겁다고는 하지만 상대는 조원이 분명해 보였다. 반면 자신은 대주였다. 그런데 이런 결과라니?

야옥진은 불신 가득한 눈으로 사내를 쳐다보았다.

순간 그들의 눈에 어린 이상한 광채가 더욱 짙어졌다.

사람의 심혼을 뒤흔들 만큼 기분 나쁜 안광에 야옥진은 절로 눈을 찌푸렸다.

"흐흐흐!"

도를 뿌린 사내가 흐드러지게 웃었다. 그의 눈에서 일렁거리는 혈광이 더욱 진해졌다.

"그놈 말이 맞아. 최소한 세 배는 강해진 것 같아."

"그런가? 그렇다면 나도 그렇겠지?"

앞에 선 사내가 도를 뿌리며 야옥진을 막아준 사이 튀어 오른 유성추를 제대로 회수한 뒤쪽 사내가 흐릿하게 웃으며 유성추를 흔들었다.

휘리릭—

휘익—

철삭을 한 자쯤 늘어뜨린 채 빙글빙글 돌리고 있는 유성추에서 거친 바람 소리가 흘러나왔다.

"그러고 보니 네놈은……!"

야옥진이 눈살을 찌푸리며 사내를 노려보았다.

그의 병기가 특이하게도 유성추이다 보니 기억이 난 것이다. 유성추를 독문 병기로 사용하는 자는 조양방 내에서도 드물었다.

"회기대에 속해 있던 떨거지구나. 그런데 네놈이 어떻게?"

야옥진은 도저히 이해할 수 없다는 표정으로 하만호와 유상도를 번갈아 쳐다보았다.

한 놈은 정확히 알 수가 없지만 다른 한 놈은 분명 회기대 말석 조의 조원이 분명했다. 제 딴에는 온갖 멋을 부리며 유성추를 휘두르고 다녔지만 삼류의 수준을 벗어나지 못한 놈이었다.

그런 놈들이 황기대 복장을 한 것도 이해 불능이었고, 또 이곳에 나타난 것도 도무지 이해가 되지 않았다.

그러나 그것보다 더 이해가 되지 않는 것은 놈들의 무공이었다.

평소라면 단번에 마주친 도가 날아가고 유성추도 주인을 끌고 튕겨나야 했다.

그런데 유성추는 두어 자가량밖에 튀어 오르지 않았고 마주친 도에서는 팔을 저리게 할 만한 충격파가 느껴졌다.

휘리릭—

휘리릭—

유성추의 회전이 더욱 빨라졌다. 그에 따라 대기가 찢기는 소리도 더욱 날카로워졌다.

파앗—

어느 순간 회전 운동을 거듭하던 유성추가 전속력으로 달리는 마차 바퀴에 튕긴 돌멩이처럼 튀어나왔다.

동시에 한 자루의 칼도 시퍼런 빛을 뿌리며 야옥진의 허리를 갈라왔다.

야옥진은 검을 크게 휘둘렀다.

파풍검이라는 그의 별호가 무색치 않게 그의 검에서 쏟아져 나온 검풍이 하만호의 유성추와 유상도의 도를 한꺼번에 쓸어갔다.

도와 유성추가 야옥진의 검풍에 휩쓸리려는 찰나, 하만호가 신속히 손을 흔들었다.

휘릭—

철삭의 고리가 마찰하는 소리가 흘러나오며 직선으로 뻗어오던 유성추가 갑자기 폭발하듯 춤을 추었다.

그건 절대로 회기대 말석 조원이 뿌릴 수 없는 솜씨였다.

그런 솜씨를 부리기 위해서라면 수유의 순간을 감지하는 능력과 그 순간 힘을 불어넣을 수 있는 심법을 터득해야 했다.

분명히 불가능한 일인데 이 가소로운 회기대 조원 놈은 날아오는 유성추를 폭발적으로 흔들었다.

야옥진은 크게 휘둘러 한꺼번에 쓸어가던 검을 비틀며 유성추에 달린 철삭을 잘라갔다.

춤을 추며 정신을 현혹시키는 유성추는 철삭에서 전해지는 힘이 바탕이었기 때문이다.

그때 옆에서 도가 날아왔고, 묵직하게 허리를 갈라오는 도의 속도는 너무나 빨랐다.

이것 역시 절대로 회기대 조원이 펼쳐서는 안 되는 도격이었다.

도가 들이닥치기 전에 유성추에 달린 철삭을 자르려고 했던 야옥진은 하는 수 없이 두 걸음 뒤로 물러섰다.

도와 유성추 어느 것 하나도 쉬운 것이 없었고, 하나를 상대하다 보면 다른 하나에 의해 낭패를 당할 수밖에 없었다.

"크큭—"

"흐흐흐!"

자신들의 합공에 대주가 뒷걸음질을 치자 하만호와 유상도는 야차 같은 웃음을 터뜨렸다.

이젠 격발된 자신들의 능력을 완전히 인식했다.

설사 무영의 경고대로 나중에 혈맥이 터져 칠공으로 피를 토하며 죽는 한이 있더라도 지금 이 순간은 걷잡을 수 없는 희열이 전신을 감쌌다.

"하앗―"

유상도가 기합성을 터뜨리며 다시 도를 뿌렸다.

씨이잉―

예전에는 상상도 하지 못했던 파공음이 일며 유상도의 도가 일도양단의 기세로 야옥진의 머리로 떨어져 내렸다.

'이놈이!'

조장도 아닌 일개 조원이, 그것도 회기대의 조원이 거침없이 자신을 향해 도를 뿌리는 사태에 야옥진은 기가 막힌 심정이 되어 검을 휘둘렀다.

파파팟―

그의 검이 어지럽게 흔들렸다.

파풍검이 자랑하는 파풍난무(破風亂舞)의 초식이었다.

터져 나간 바람이 춤을 추듯 야옥진의 검이 유상도의 전신 대혈 여러 곳을 노리며 쑤셔들었다.

도에 실린 힘은 믿어지지 않을 정도로 강맹했지만 그 초식은 형편없었기에 야옥진은 현란한 검초로 유상도를 제압하고자 한 것이다.

"어딜!"

그때 한소리 고함과 함께 하만호의 유성추가 다시 허공을 갈랐다.

이번에는 처음부터 춤을 추며 날아오는 유성추가 야옥진의 상체 전체를 쓸어왔다.

"젠장!"

계속하여 검을 뿌리면 유상도는 처치할 수가 있겠지만 미친년 치맛자락처럼 춤을 추며 날아드는 유성추에 허리나 어깨 한 곳을 내어줄 수밖에 없음을 느낀 야옥진은 찔러가던 검을 거두어들이며 수비식을 펼쳤다.

까앙—

따앙—

검신에서 불꽃이 튀며 유성추와 도가 잠시 궤적을 이탈했다. 그러나 두 개의 무기는 다시 미친 듯이 야옥진을 몰아쳐 왔다.

"흐흐흐! 우리 둘이 합세하면……."

"잡을 수 있어. 흐흐!"

이젠 허옇게 이까지 드러낸 유상도와 하만호는 더욱 세차게 야옥진을 몰아붙였다.

혈광이 이글거리는 눈에 허옇게 드러난 이!

두 사람의 모습은 그야말로 지옥 야차가 따로 없었다.

'대체 이게 무슨……?

쉴 새 없이 검을 휘두르면서도 우세를 점하지 못하고 밀리기만 하는 야옥진은 마치 귀신에 홀린 기분이었다.

회기대 말단 조원이라 얕보았던 두 놈의 도와 유성추의 공격은 시간이 갈수록 맹렬해지고 합격의 수법도 더욱 엄밀해져 갔다. 또한 그렇게 쉴 새 없이 도와 유성추를 뿌리면서도 전혀 지친 기색이 드러나지 않았다.

숨결은 거칠게 뿜어 나오고 있지만, 그것은 지쳐서가 아니라 흥분해서였다.

이대로라면 자신이 먼저 진기가 고갈되어 쓰러질 것 같았다.

뿌드득!

이를 세차게 갈며 야옥진은 검초를 변화시켰다.

우우웅—

진동음과 함께 파풍검 최후의 초식이자 구명절초인 파풍혼천(破風混天)이 뿌려졌다.

"타앗—"

하만호의 유성추가 기이한 궤적을 그리며 야옥진의 검을 휘감아갔다. 동시에 유상도의 대감도가 야옥진의 복부를 베어갔다.

철렁—

유성추의 철삭이 야옥진의 검을 감았다.

'이럴 수가!'

야옥진은 속으로 비명을 질렀다.

산산조각으로 잘려야 할 철삭이 교룡의 힘줄이나 된 듯 잘
리지 않고 오히려 검을 감아 옆으로 끌어당기기까지 했다.

그 순간 유상도의 도가 야옥진의 복부를 베고 지나갔다.

파앗—

선혈이 터져 나오며 야옥진의 배가 쩍 갈라졌다.

갈라진 배와 함께 잘려진 내장이 흘러나오며 야옥진은 눈
을 뒤집었다.

곧이어 그의 심장도 움직임을 멈추었다.

"호호!"

"호호호!"

하만호와 유상도가 핏빛 웃음을 토했다.

"이걸 믿어야 하나, 말아야 하나?"

복부가 갈라지고 숨이 끊어진 야옥진을 보며 하만호가 혼
잣소리처럼 중얼거렸다.

"아무도 안 믿을 거야, 아마!"

유상도가 비릿한 웃음과 함께 말을 받았다.

"몇 명 데려와서 증인이라도 세울까?"

"아예 목을 베어 들고 나가는 건 어떨까?"

"그것도 좋지."

두 사람은 서로를 쳐다보며 다시 웃었다.

"다음 차례는 누구지?"

잠시 더 황기대주의 시신을 내려다보던 유상도가 물었다.

"일조, 이조… 삼조와 팔조, 십이조, 십오조, 십육조 조장과 그들의 심복들이야. 아까 이곳에서 나간 놈들이 대부분이야."

하만호가 품속에서 종이 한 장을 꺼내 들고 빠르게 읽었다.

그 종이에 적힌 명단은 그동안 회기대 이십조 조원들을 풀어 이것저것 조사한 후 무영이 나름대로 분석한 배신자들의 명단이었다. 처음 그것을 무영에게서 넘겨받을 때는 설마했는데 조금 전 이곳을 빠져나간 자들을 보니 어김없이 맞아떨어졌다.

"그놈들만 처치하고 나면 분란이 가라앉을까?"

"그건 모르지. 우린 그놈이 시키는 대로만 하면 되는 일이야. 다른 조원들도 마찬가지고……. 그다음엔 그놈이 알아서 하겠지."

하만호가 명단이 적힌 종이를 다시 품속에 갈무리했다.

"우선 심호흡부터 하지. 이대로 나갔다간 마귀로 몰려 칼부림을 당하겠어."

유상도가 혈광 어린 하만호의 눈을 보며 말했다. 필시 자신의 눈도 그렇게 변해 있을 것이다. 시간이 조금 더 지나면 가라앉는다 했는데 아직까지는 살기를 끌어올리면 토끼눈이 되고 만다.

"후읍—"

"후읍—"

　두 사람은 긴 호흡을 몇 번 이끌었다. 그러자 눈동자에 어
린 붉은 기운이 사라졌다.

"됐군!"

"됐어!"

두 사람은 서로를 마주 보며 고개를 끄덕였다.

"조장들은 더 쉽겠지?"

고개를 끄덕인 두 사람은 신속히 실내를 빠져나갔다.

第二十二章
질주(疾走)

장홍관일

'대체 일이 어떻게 돌아가는 것인가?

방주의 친위대 대장 고일기(高一其)는 열 명의 부하를 이끌고 달려가며 도저히 풀리지 않는 의혹에 머리가 터질 지경이었다.

갑자기 분란이 일어나며 방 내가 태풍에 휩싸인 듯 혼란스러워졌다.

뭐가 어찌 되는지 제대로 파악도 안 된 상황에서 여섯 개의 전투 부대가 제각각 다른 사람을 지지하며 분열되고 뒤이어 곳곳에서 칼부림이 있었다. 그 와중에 회기대와 녹기대는 방주 처소로 밀집해 왔다.

　여섯 부대 중 제일 힘이 약한 회기대와 녹기대이지만 그들이라도 방주를 지키겠다고 내당을 에워싸고 있으니 놀란 가슴을 조금이나마 쓸어내릴 수 있을 것 같았다.

　그러나 친위대는 그때부터 더욱 긴장해야 했다.

　방주를 지지하며 달려온 그들이지만 그들 중에 첩자가 숨어 있어 기습이라도 하면 그만큼 위험한 일도 없는 것이다.

　그래서 눈에 불을 켜고 방주전을 지키는 사이 방주의 친서를 받았다.

　친서의 내용은 조양패를 소지한 사람에게 한시적으로 방주의 모든 권한을 양도하니 친위대는 전적으로 그의 지시를 따르라는 것이었다.

　그건 도저히 이해가 되지 않는 명령이었다.

　조양패를 방주가 아닌 다른 사람이 소지하고 있다는 것도 말이 되지 않았고, 또 이 중요한 시기에 친위대가 다른 사람의 명령을 받는다는 것은 더욱 말이 되지 않았다.

　그래서 몇 번이고 친서를 확인하고 직접 방주전에까지 가서 확인했지만 틀림없는 명령이었다.

　방주는 처소 어디론가 몸을 피해 만날 수는 없었지만 수석장로 공야흠과 다른 장로들이 확인을 해주었기에 더 이상 의심의 여지가 없었다.

　일단 모든 의문을 접고 노심초사 기다리던 중 조양패를 소지한 사람이 나타났다.

뜻밖에 약관을 갓 넘긴 청년이었다. 그리고 그 청년은 회기대 이십조의 복장을 하고 있었다.

눈을 끔벅거리며 청년을 제대로 살피기도 전에 청년은 조양패를 앞으로 내밀며 명령을 내렸다. 그리고 지금 그 명령에 따라 친위대 인원 열 명을 차출해 청년을 따라 어디론가 달리고 있는 것이다.

'이곳은?

으스름 속에서 정면의 정물이 드러날 즈음, 고일기는 지금 자신이 달려가는 곳이 이장로 만조강의 처소라는 것을 알았다.

'설마?

고일기는 급격한 불안감에 휩싸였다.

설마 이 인원으로 이장로 만조강을 체포하기라도 하겠단 말인가?

이장로 만조강은 수석 장로 공야흠 다음으로 무공이 강하다.

그를 체포하기 위해서라면 친위대원 열 명으로는 절대로 부족했다.

그 한 사람을 체포하는 데도 그러한데 지금은 청기대 대원 이백 명이 그의 처소 안에 진을 치고 있다. 그러니 지금 그를 체포하려면 흑기대 정도의 전력과 함께 친위대 전원이 달려들어야 가능할 것이다.

'절대로 그건 아니겠지?

고일기는 고개를 가로저었다.

그러는 사이 이장로의 처소 앞까지 달려왔다.

청년이 손을 들어 정지 명령을 내렸다.

갑작스런 불청객을 보고 대문을 지키는 사내들이 좌우로 늘어서고 있었다.

고일기와 친위대 열 명은 경공을 완전히 멈추고 호흡을 가다듬었다.

"대체 무슨 일을 벌일 셈인가?"

고일기는 청년을 향해 질문을 던졌다.

비록 그가 조양패를 소지하긴 했지만 엄연히 회기대의 조원이었다. 나이 또한 조카뻘이었다.

"배반자를 잡아야지요."

앞에 선 무영이 나지막하게 답했다.

"그게 무슨……?"

파앗―

고일기의 말은 무영의 손에 들린 철피리에 의해 멈추어졌다.

언제 꺼냈는지 모를 철피리가 허공을 선회했다.

우우웅―

선회하던 철피리가 선인지로의 초식을 펼치며 이장로 처소의 대문을 가리키자 무거운 진동음과 함께 묵빛 기류 한줄기가 대문을 향해 뻗어나갔다.

'설마?'

고일기는 두 눈을 부릅떴다.

저곳까지 거리가 얼마인가?

그런데 피리에서 쏟아진 기운이 계속 뻗어나가 저곳까지 도달할 수 있단 말인가? 그렇지 않다면 지금의 행위는 아무런 의미가 없다.

순간 고일기의 의구심을 완전히 무너뜨리는 일이 발생했다.

콰아앙—

대포가 터지는 듯한 굉음이 울리며 육중한 대문이 박살 났다.

동시에 대문 앞에 늘어서 있던 사내 대여섯 명이 포탄의 파편처럼 허공으로 솟구쳤다가 떨어져 내렸다.

"아악!"

"마, 막아라!"

비명과 경호성이 한꺼번에 터졌다.

비명은 즉사하지 않고 튕겨 나간 사람들에 의한 것이고, 경호성은 아직까지 상황 판단을 제대로 하지 못한 사람들의 것이었다.

"곧장 치고 들어가겠습니다. 대장께선 깊이 들어가지 마시고 입구에서 혼란만 일으켜 주십시오. 되도록이면 살상을 하지 말고 쓰러뜨리기만 하십시오."

"혼란?"

"그렇습니다. 이목을 끈다고 생각하시면 됩니다."

"대체 왜?"

고일기가 다시 물었다.

"지금 꼭 알고 싶으십니까?"

친위대장 고일기를 쳐다보는 무영의 눈이 시퍼런 광채를 뿜어내고 있었다.

"아, 아닐세. 그렇게 하겠네."

온몸이 얼음물에 담긴 것 같은 느낌을 받은 고일기가 말투까지 바꾸며 답했다.

파앗—

고일기의 대답을 들은 무영의 모습이 꺼지듯 앞으로 쏘아졌다.

"쳐라!"

멍하게 쳐다보던 고일기가 고함을 치며 땅을 박찼다.

'귀찮군!'

박살 난 대문 안으로 들어선 무영은 다시 한 번 철피리를 휘둘렀다.

콰앙—

대문이 박살 나는 폭음에 정원으로 몰려나오던 청기대 대원들이 추풍낙엽처럼 뒤쪽으로 날아갔다.

그사이에 무영의 신형이 그림자처럼 어둠 속으로 스며들었다.

'저곳!'

바깥의 소란에 모두 정신이 팔린 사이 이장로 만조강의 숙소 가장 깊은 곳에 스며든 무영은 몇 개의 그림자가 일렁거리는 문 앞에 멈추어 섰다.

그곳에 이장로 만조강이 수하들과 함께 있을 것이다.

그러나 지금 중요한 것은 이장로 만조강이 아니었다.

그를 포섭하고 배후 조종하고 있는 인간들이었다. 우선 이곳에 있는 놈들을 가장 먼저 처치하고 힘의 균형을 깨뜨릴 생각이었다.

놈들은 힘의 균형이 계속 유지된 채 끝까지 가는 상황을 조장할 것이기에 정공법으로 그것을 깨뜨려 버릴 생각이었다.

드르륵!

무영은 천천히 방문을 열었다.

너무나 자연스럽고 태연하게 열리는 문소리에 실내에 있는 사람들은 밖에 나갔던 동료가 들어오는 줄 알고 아무런 경계심도 갖지 않는 눈으로 무영을 바라보았다.

"웬 놈이냐?"

들어선 사람이 자기 동료가 아닌 것을 안 누군가가 고함을 질렀다.

대답을 생략한 무영은 빠르게 방 안을 훑었다.

"엇, 너는?"

낯익은 사내 하나가 눈을 등그렇게 뜨며 비명 같은 경호성을 토했다.

피식!

무영이 사내를 보며 미소를 지었다.

눈을 둥그렇게 뜬 사내는 일전에 무영으로부터 화설금의 신패 문양이 찍힌 봉서를 건네받은 조일형이었다.

그때 얼굴에 붙어 있던 구레나룻이 없어 처음에는 알아보지 못했지만 무영의 눈빛을 보고 기억이 되살아난 것이다.

"안녕하시오?"

무영은 조일형을 향해 빙글거리며 인사를 건넸다.

조일형의 얼굴이 휴지 조각처럼 구겨졌다.

무영은 그때 자신의 신분을 하오문도 정세출이라고 밝혔다. 무언가 의심이 가는 구석이 있었지만 화설금의 신패 문양이 확실했다. 그리고 하오문 지부에 정세출이라는 인물도 확인했다. 그래서 의심을 풀었는데 결국 자신이 속은 것이다.

'그렇다면?

위건화에게 비밀로 하고 성주의 딸 단목진희에게 전한 서찰은?

조일형의 뇌리로 경종이 세차게 울렸다.

저놈이 가짜인 이상 그 서찰 역시 화설금의 것이 아니고 저놈의 흉계가 들어 있는 것이 틀림없었다.

어서 그걸 알려야 한다는 생각이 뇌리에 가득 차올랐지만 지금 당장은 어쩔 수 없었다,

"아는 자이냐?"

구단주 양무악이 눈살을 찌푸리며 조일형을 쳐다보았다.

"아, 아닙니다. 복장이 청기대가 아니기에."

조일형이 얼른 둘러댔다.

지금 자신이 속았던 사실을 발설했다간 이곳에서 제일 먼저 죽어나가는 사람은 자신일 것이다. 그러나 그의 그런 생각을 비웃듯 무영이 입을 열었다.

"시킨 일은 어김없이 했겠지요?"

"시킨 일?"

구단주 양무악이 매섭게 눈을 뜨며 조일형을 쳐다보았다.

조일형의 얼굴이 흙빛으로 변하며 아무런 대꾸를 하지 못했다.

양무악은 잠시 더 조일형을 노려보다가 눈길을 거두었다. 조일형이 무슨 실수를 했는지 계속 추궁하는 것은 나중 일이었다. 지금 그랬다간 자중지란만 일어날 뿐이었다.

"이장로는 어디에 있소?"

무영이 다시 방 안을 둘러보며 물었다. 배신을 한 이장로 만조강이 이들과 함께 있을 것이라는 예상과는 달리 그는 이곳에 없었다.

"이곳저곳 바쁘게 움직이고 있지."

양무악이 비릿한 미소와 함께 답했다.

'바쁘게 움직인다고?'

무영의 눈살이 미세하게 찌푸려졌다.

먼저 처치한 송조격은 허수아비일 뿐이었다.

그는 화설금의 손에 놀아나 정신을 빼앗긴 허깨비였다.

정작 위험한 인물은 이장로 만조강이었다.

만조강이 송조격을 방패막이 삼아 모든 일을 꾸민 것이다.

무영은 위건화의 이름을 또 한 번 떠올리며 쓴 입맛을 다셨다.

장차 그놈은 두 사형을 제치고 무황성을 차지할 가망성이 농후했다. 그렇게 되면 세상이 또 어떻게 변할지 상상조차 되지 않았다.

무영은 가슴 밑바닥으로부터 굵은 용암 줄기 같은 열기가 솟구침을 느꼈다.

그것은 그놈과는 언제 어느 구석에서든지 필연적으로 마주쳐 생사지투를 벌여야 할 것 같다는 운명적인 느낌이었다.

'재미있군, 정말 재미있어.'

그 이무기 같은 놈과 조만간에 만날 수 있을 것이라는 생각과 함께 후끈한 열기가 전신 혈맥으로 질주하는 것을 느낀 무영은 길게 호흡을 이끌었다.

혈맥 속을 거칠게 뛰놀던 진기가 가라앉으며 몸과 마음이 명경지수처럼 맑아졌다.

"노인이 어디로 그렇게 설치고 다닌단 말이오?"

침착함을 되찾은 무영이 다시 물었다.

"네깟 놈이 그런 건 알 필요 없다. 그보다는 네놈 정체부터 밝혀라!"

말이 끝남과 함께 양무악이 옆에 세워둔 죽장을 들어 올렸다.

평소 그가 장사꾼 차림으로 돌아다니며 소지하던 지팡이였다.

치잉—

대나무 지팡이에서 손잡이가 분리되며 서슬 퍼런 협봉도가 모습을 드러냈다.

마치 거울처럼 투명한 빛을 뿌리는 협봉도는 금방이라도 쇄골을 가르고 심장을 쑤셔들 듯 혀를 날름거리고 있었다.

"좋군!"

무영이 빙긋 미소를 지었다. 미소와 함께 실내의 어둠이 한꺼번에 밀려 나가는 것 같았다.

"정체는?"

얼굴을 찌푸린 양무악이 협봉검 끝으로 무영의 목을 가리키며 물었다.

"재주껏 알아내 보시오!"

무영이 여전히 빙글거리며 말을 받았다.

"죽엇!"

무영의 태도가 거슬렸는지 옆쪽에 있던 사내 하나가 검을 휘둘러왔다.

청기대 일조장 왕호삼(王虎三)이란 사내였다.

그는 회기대 이십조의 조원 복장을 한 떨거지가 이곳에까
지 들어와 설치는 꼴을 도저히 묵과할 수 없었던 것이다.

"이런!"

차가운 미소를 배어 문 무영이 슬쩍 한 걸음 옆으로 비켜서
며 손을 뻗었다.

턱─

왕호삼이 세차게 뿌린 검이 무영의 손바닥에 찰싹 달라붙
었다. 그리고는 아교로 붙인 듯 떨어지지 않았다.

"이, 이⋯⋯."

왕호삼이 벌겋게 변한 얼굴로 용을 썼다.

땡강─

왕호삼의 검이 쇳소리와 함께 두 동강이 났다. 그때까지도
무영은 손가락을 움직여 검을 잡거나 하지 않고 악수를 청하
듯 손바닥을 편 채 그대로 있었다.

결국 왕호삼 혼자서 무영의 손바닥에 검을 갖다 붙이고 용
을 쓰다가 검을 두 동강으로 부러뜨린 결과가 되었다.

믿을 수 없는 결과에 왕호삼이 눈을 부릅뜨며 무영을 쳐다
보았다.

회기대 이십조의 표식이 여전히 무영의 가슴에 새겨져 있
었다. 그러나 결코 회기대 이십조의 실력이 아니란 것을 깨달
은 왕호삼은 주춤거리며 뒤로 물러섰다.

양무악과 조일형이 청기대 소속이 아니듯 무영 역시 회기

대 조원이 아니라는 것을 비로소 느낀 것이다.

파앗―

왕호삼이 물러나자 이번에는 조일형이 세차게 손을 뻗었다.

슈슉―

그의 소매 속에 숨겨져 있던 수전이 빛살처럼 허공을 갈랐다.

자신들의 거처 근처에서 은신하다가 무영을 만났을 때 준비하고 있다가 뿌리지 못한 수전이었기에 더욱 맹렬히 쏘아져 나갔다.

수전이 심장 한 치 앞까지 도달했을 때 무영의 손이 권태롭게 움직였다.

탁―

암반이라도 뚫고 나갈 것 같던 수전이 왕호삼의 검처럼 무영의 손바닥에 달라붙었다.

스슉―

무영은 손을 흔들어 조일형을 향해 수전을 되던졌다.

그건 마치 떨어진 물건을 주워 주인에게 되돌려 주는 것 같은 몸짓이었다.

파앗―

젓가락이 젖은 문종이를 뚫는 것 같은 소음이 흘렀다.

조일형의 이마에서 나오는 소리였다.

　무영의 손을 떠난 수전이 조일형의 이마를 꿰뚫고 뒤통수를 통해 빠져나가고 있었다. 그리고 그 여세를 계속 몰아 왕호삼의 관자놀이도 같이 꿰뚫었다.

　경호성을 지를 사이도 없이 조일형과 왕호삼이 뻣뻣하게 뒤로 무너졌다.

　양무악의 낯빛이 재색으로 퇴색되었다.

　빛살 같은 수전을 맨손으로 받아내고 그것을 되날려 한꺼번에 두 사람을 꿰뚫어 버리는 수법!

　잔인하게 짝이 없는 손속이었다. 또한 자신으로서는 짐작이 되지 않는 경지였다.

　비로소 양무악은 무영이 위건화가 말한 사람이란 것을 짐작할 수 있었다.

　"암중인······."

　양무악이 신음처럼 중얼거렸다.

　이자로 인해 삼공자 위건화가 전면으로 나서 직접 지휘하였고, 아직 무르익지도 않은 상황임에도 불구하고 무리수를 두어가며 일을 지금처럼 추진시키게 되었다.

　'그런데?'

　양무악은 눈을 가늘게 뜨며 무영을 노려보았다.

　너무 어렸다.

　위건화보다 오히려 더 어려 보였다.

　이렇게 어린놈이 자신들의 계획을 온통 뒤흔들어 놓은 암중인이란 말인가?

조일형과 왕호삼을 순식간에 죽여 버리는 실력을 두 눈 빤히 뜨고 목격했음에도 양무악은 얼른 실감이 나지 않았다.

"암중인이라……."

무영은 재미있다는 듯 양무악이 한 말을 되뇌었다.

"화설금에게 들은 말을 여기서도 또 듣는군."

"화설금? 그럼 네놈이?"

양무악은 비명처럼 외쳤다.

개별적으로 움직이던 자신들을 모두 불러 모은 위건화는 모습을 보이지 않은 화설금 일행이 비밀 임무를 수행 중이라 했다.

그런데 이자가 화설금을 만났다면?

그건 곧 화설금과 그 부하들이 이자의 손에 제거되었단 말이다.

화설금은 구단주인 자신보다 서열이 높은 오단주였다. 물론 그것은 그녀의 정치력이 작용한 덕분이지만 무공 실력도 그만큼 뒷받침이 되었다.

연검으로 펼치는 그녀의 검법은 괴이신랄하여 생사지투를 벌인다면 자신도 어떻게 될지 모를 정도였다. 그리고 그녀에게는 강해건과 도후용이라는 뛰어난 부하 두 명이 붙어 있었다.

그들도 모두 이놈의 손에 비명횡사했단 말인가?

불식간에 검을 쥔 양무악의 손에 힘이 들어갔다.

"혼자서 상대할 자가 아닌 것 같소!"

이를 악문 양무악이 선공을 하려는 찰나, 옆쪽의 문이 열리며 이장로 만조강이 모습을 드러냈다. 그를 따라 청기대주와 그의 부하 두 명도 함께 들어섰다.

그들의 등장에 무영은 안광을 빛내며 이장로 만조강을 쳐다보았다.

드러난 오장로 송조격과는 달리 끝까지 모습을 드러내지 않은 만조강이었기에 그만큼 더 위험한 인물이란 의미였다.

그 짐작처럼 만조강은 송조격보다는 한 단계 높은 기도를 보여주었다.

"노인장이 주모자였군요."

무형은 익히 짐작이 간다는 표정으로 만조강을 쳐다보았다.

지금 벌어지고 있는 조양방의 환란은 위건화 혼자만의 작품이 아니라 만조강과 위건화의 합작품인 것이다. 그래서 이렇게 순식간에 확산될 수 있었을 것이다.

"자네가 송조격 오장로를 죽였나?"

잠시 동안 찌르는 듯한 눈으로 무영을 노려보던 만조강이 불쑥 물었다.

송조격 오장로를 은밀하게 처치한 후 그의 부재를 출타 중으로 해놓았는데 만조강은 무영이 죽였다고 확신하는 모양이었다.

무영이 아무런 대답을 하지 않자 만조강이 다시 입술을 움직였다.

"자네만 아니었으면 난 끝까지 모습을 드러내지 않았을 텐데… 애석한 일이구먼."

만조강은 탄식처럼 말하며 긴 한숨을 내쉬었다.

송조격이 사라지지 않았다면 지금 청기대가 지지하는 사람은 송조격이었을 것이다. 그런 상태에서 자신은 송조격의 그림자 속에 숨어 은밀하게 더 많은 일을 더 완벽하게 꾸몄을 것인데 벌써부터 자신이 노출되어 운신의 폭이 극도로 좁아지고 있었다.

만조강은 다시 탄식을 토했다.

"당신은 무엇이 부족하여 배신을 한 것이오? 화설금이 양다리라도 걸친 것이오?"

만조강과 잠시 눈싸움을 하던 무영이 조소와 함께 질문을 던졌다.

"후후! 난 송조격 그 친구처럼 회춘에는 관심이 없는 사람일세."

"그럼 무엇에 관심이 있소?"

무영의 눈이 강렬하게 빛났다.

"난 의자에 관심이 많다네."

만조강이 빙그레 미소를 지으며 말했다.

"의자?"

무영이 잠시 눈살을 찌푸리다가 이내 알아들었다는 듯 고개를 끄덕였다.

"방주가 앉은 그 의자가 마음에 들었단 말이군요?"

"하하! 바로 맞혔네. 정말 영특한 젊은이일세."

무영의 말에 만조강은 어린아이처럼 유쾌하게 웃었다.

단 한 마디에 자신의 심중을 정확히 꿰뚫는 존재가 있다는 것이 더없이 즐거운 모양이었다.

"그럼 직접 말하지 그랬소? 의자를 바꾸자고."

"후후!"

만조강이 섬뜩하게 웃은 후 다시 말을 이었다.

"그 의자는 주인이 죽어야만 바꿀 수 있는 의자일세. 그러니 어쩌겠나? 이런 일을 꾸밀 수밖에."

만조강은 자신도 어쩔 수 없었다는 듯 입맛을 다셨다.

"노인장을 보니 나도 불현듯 탐나는 것이 생겼소."

무영이 여전한 조소와 함께 불쑥 말했다.

"말해보게."

만조강이 호기심 가득한 얼굴로 무영을 쳐다보았다.

"노인장의 머리를 갖고 싶소. 대체 어떻게 생겨먹었기에 그런 생각을 하는지 궁금해서 죽을 지경이오."

"하하! 으하하하!"

만조강이 광소를 터뜨렸다. 그 웃음소리에 실내의 장식물들이 진동을 일으켰다.

"그것 역시 주인을 죽여야 가질 수 있는 것이 아니던가?"

"잘 아시는군요. 그럼 더 이상은 말이 필요없겠지요?"

무영은 품속에 손을 넣어 옥피리와 철피리를 한꺼번에 꺼냈다.

적수공권이라 생각했던 무영이 두 개의 피리를 꺼내자 만조강과 양무악의 눈이 이채를 띠었다. 지금껏 전장을 누비며 온갖 신병이기를 접해보았지만 각기 다른 재질의 피리 두 개를 독문 병기로 하는 인간은 처음인 것이다.

"음공인가?"

만조강이 물었다.

"그럴지도……."

무영이 긍정도, 부정도 않고 답했다. 그리고는 두 개의 피리 중 옥피리를 앞으로 뻗어 청기대주를 따라온 사내들과 미리 이곳에 있던 사내들을 가리켰다.

까닥!

까닥!

무영이 천천히 피리 끝을 흔들었다. 거추장스러우니 조무래기들은 비키라는 뜻이었다.

무영의 가리킴을 받은 사내들이 얼굴을 벌겋게 물들이며 청기대주와 이장로 만조강의 눈치를 보았다.

"개자식이!"

그 순간!

파앗—

옥피리 끝에서 뻗어나간 한줄기 청색 기운이 방금 욕설을
터뜨린 사내의 목을 꿰뚫었다.

끄륵—

목에 구멍이 난 사내가 가래를 끓는 듯한 소리를 토하다가
뒤로 쿵! 넘어갔다.

까닥!

까닥!

흐릿한 미소를 머금은 무영이 다시 피리 끝을 흔들었다.

벌겋게 달아오른 사내들의 얼굴이 이젠 새파랗게 변해갔다.

저 피리 끝에서 언제 또 푸른 기운이 퍼져 나올지 몰랐고,
그건 자신들이 피할 수 있는 수준이 아니었다. 그야말로 가는
줄도 모르고 저승으로 갈 수밖에 없을 것이다.

"모두 나가라!"

이장로 만조강이 엄한 목소리로 지시를 내렸다.

우르르—

사내들이 지옥문을 빠져나가듯 실내를 빠져나갔다.

잠시 후 실내에는 무영과 만조강, 양무악, 그리고 청기대주
조양범(曹暘梵)만이 남았다.

청기대주의 부하들이 빠져나가고 공간은 더 넓어졌지만
팽팽한 긴장감으로 오히려 더 답답한 느낌이 들었다.

"잔인한 구석이 있는 놈이로고."

순식간에 목이 꿰뚫린 청기대 조장 한 명을 보며 만조강이

혀를 찼다.

"강호란 곳 자체가 잔인한 곳이지요."

무영이 차갑게 답했다.

"그런가? 그렇다면 나도 그런 잔인한 꼴을 당하기 전에 같이 잔인해져야겠군."

고개를 끄덕인 만조강이 허리에 차고 있던 도를 뽑아 들었다.

기러기의 깃털을 닮은 안령도(雁翎刀)였다.

젊은 시절부터 함께한 안령도의 도신과 손잡이에서는 고색창연한 빛이 흘러넘쳤다.

스르룽—

뒤이어 청기대주 조양범도 검을 뽑아 들었다.

파앗—

선공은 양무악의 협봉검에서 먼저 이루어졌다.

아무런 기척도 없이, 미세한 공기의 떨림마저 떨쳐 낸 채 양무악의 협봉검이 무영의 심장을 쑤시고 들었다.

너무도 뜻밖에 이루어진 선공에 같은 편으로 서 있는 청기대주의 눈에 경악이 어렸다.

이런 공격은 전혀 예측하지 못했다. 또한 그만큼 쾌속했다. 자신이라면 검이 심장을 꿰뚫는 순간까지도 눈치 채지 못했을 것이다.

푸욱—

착각 같은 파육음이 들리며 양무악의 협봉검이 무영의 심장을 쑤셔드는가 싶은 순간, 무영의 신형이 유령처럼 사라지며 청기대주 조양방의 전면으로 스며들었다.

조양범이 당혹성을 토했다.

검을 빼 들긴 했지만 자신은 무영의 적수가 아니라는 것을 뼈저리게 느끼고 있는 조양범이었다. 그래서 뒷전에서 기회를 엿보다가 자신이 끼어들 만한 순간이 되면 일검을 보태거나 아니면 만조강과 양무악 두 사람이 절체절명의 위기에 처할 때 검을 휘둘러 그 위기만 모면케 해주려 작심하고 있었다.

팽팽한 대결에 있어서는 그것만으로도 천군만마의 효과를 볼 수 있었다. 그런데 무영은 조양범의 그런 생각을 비웃기라도 하듯 양무악의 공격을 피함과 동시에 조양범의 전면으로 덮쳐든 것이다.

휘익—

조양범은 필사적으로 검을 휘둘렀다.

너무나 놀란 나머지 그의 검법은 정상적인 검초를 펼치는 것이 아닌, 죽음에 직면한 인간의 본능적인 허우적거림과 같았다.

사악—

무영의 철피리에서 뻗어 나온 묵빛 기운이 앞을 가로막는 검을 잘랐다.

검이 잘려지고 바닥으로 떨어져 내렸다.

그런데 그 사이로 붉은 선혈이 터져 나왔다.

순간적으로 검이 피를 흘리는 것 같은 착각이 드는 모습이었다.

촤아악—

선혈은 검과 함께 잘려진 조양범의 몸뚱어리에서 터져 나온 것이었다.

정수리에서 사타구니까지 정확히 반으로 잘려진 조양범의 몸에서는 선혈이 분수처럼 터져 나왔다. 그리고는 폭발하듯 조양범의 조각난 신형이 양옆으로 쓰러졌다.

“잔악무도한 놈!”

만조강이 고함을 치며 안령도를 뿌렸다.

“당신들이 자초한 일이오.”

무영이 다시 다른 곳에서 솟아나며 화답했다. 다시 안령도가 무영을 따랐다.

“또한 당신들 역시 저런 꼴이 될 것이오.”

무영이 모습이 다시 다른 곳에서 솟아올랐다.

그리 넓지 않은 실내였건만 무영은 마치 거대한 연무장에라도 선 듯 마음껏 공간을 유린하고 있었다.

“하앗—”

양무악이 이마의 힘줄이 불끈 튀어나올 듯 고함을 지르며 협봉검을 휘둘렀다.

챙—

처음으로 무언가 부딪치는 소리가 들렸다. 무영의 옥피리에 양무악의 협봉검이 걸린 것이다.

찌이잉—

양무악이 그대로 협봉검을 그어 내렸다.

검과는 달리 피리는 호수구가 없다. 그런 피리의 약점을 이용하여 무영의 손가락이나 손목을 베려는 수법이었다.

그러나 양무악의 의도는 무영이 들고 있는 철피리에 의해 간단히 무산되고 말았다.

철피리를 십자로 교차한 무영은 미끄러져 내리는 양무악의 협봉검을 막은 후 슬쩍 비틀었다.

협봉검 손잡이로 접해지는 강한 힘에 양무악은 속으로 신음을 삼켰다.

협봉검이 뒤틀리며 손목까지 뒤틀고 있었다. 이대로 힘을 주고 있다가는 협봉검은 동강나고 말 것이다.

파앗—

양무악은 온 힘을 다해 협봉검을 뒤로 뺐지만 자석에라도 달라붙은 듯 꼼짝도 하지 않았다.

"이놈!"

협봉검이 두 동강 나기 직전, 만조강의 안령도가 무영의 어깨를 향해 떨어져 내렸다.

무영이 두 개의 피리를 거두며 훌쩍 물러섰다.

다시 무영의 신형이 그 자리에서 꺼졌다.

"요사스러운 놈!"

만조강이 고함을 치며 공간 한곳을 베어갔다. 그곳을 향해 양무악도 협봉검을 찔러 넣었다.

채챙!

땅—

다시 두 가닥의 공명음이 들려왔다.

빈 공간으로 보였던 곳에 무영의 실체가 존재했던 것이다.

"늙은 생강이 맵다더니, 제법이오."

무영은 감탄인지 조롱인지 모를 말을 던지며 두 자루의 병기를 한꺼번에 쳐냈다.

"우웃!"

"음!"

무영의 피리에서 뿜어져 나오는 막강한 반력에 양무악과 만조강이 신음을 삼키며 뒤로 물러섰다. 그러나 곧이어 두 사람은 정교한 합격술이라도 연마한 것처럼 무영을 몰아붙였다.

"아주 손발이 잘 맞는군요. 오랜 친구처럼 말이오."

두 사람의 합공을 피한 무영이 비릿하게 중얼거리며 옥소를 앞으로 쭈욱 내밀었다.

우웅—

가만히 내밀어져 있는 것 같은 옥소가 미세한 떨림을 보이며 진동음이 흘러나왔다.

찌이잉—

진동음은 점차 날카로운 소리로 변하며 고막을 찢을 듯 실
내를 진동시켰다.

"음공이오! 공력을 끌어올리시오!"

만조강이 양무악을 향해 고함을 질렀다.

"좋으실 대로!"

무영이 조소 어린 음성을 토했다. 그리고는 계속 입을 달싹
거렸다.

무영의 입에서 나지막한 주문이 흘러나왔다. 그러나 피리
끝에서 흘러나오는 날카로운 소음에 묻혀 양무악과 만조강은
아무것도 의식하지 못했다.

"어엇!"

양무악이 경악스런 비명을 토했다.

피리를 들고 있던 무영이 갑자기 거대한 몸체를 지닌 악귀
의 모습으로 변하며 수백 근이 넘어 보이는 철퇴를 휘둘러 오
고 있었던 것이다.

"요망한!"

비슷한 환상을 본 만조강이 고함을 지르며 안령도를 휘둘
렀다.

퍼억—

안령도가 거대한 몸체를 지닌 악귀의 가슴을 찍었다.

그러나 악귀의 가슴에서는 피 한 방울 흘러나오지 않고 오
히려 안령도가 휘어지며 튕겨 나왔다.

"크크크!"

악귀가 광소를 토하며 철퇴를 휘둘렀다.

따앙—

쨍—

안령도와 협봉검이 한꺼번에 철퇴에 부딪쳤다.

"으윽!"

"큭!"

두 마디 신음성이 동시에 흘러나왔다. 철퇴에 실린 공력이 두 사람의 손목을 시큰하게 만들고 심장에까지 스며들어 기혈을 진탕시킨 것이다.

"이건 속임수요! 내력을 끌어올리시오!"

야차처럼 얼굴을 일그러뜨린 이장로 만조강이 고함을 질렀다.

손목으로 전해지는 통증은 상대가 강해서라기보다는 사술에 의해 자신이 약해진 때문이다. 그러나 그걸 알면서도 마음대로 되지 않는 것이 지금의 상황이었다.

휘잉—

다시 철퇴가 수직으로 떨어져 내렸다.

만조강이 필사적으로 안령도를 쳐올렸다. 양무악도 세차게 협봉검을 쑤셔 넣었다.

'내력이 제대로 모이지 않는다.'

만조강이 두 눈을 부릅떴다.

마치 산공독에 당한 것처럼 기혈의 순환이 흐트러졌다. 그 결과 제대로 된 힘을 뿌릴 수 없었다.

땡강―

양무악도 마찬가지인 듯 휘두르는 검에 제대로 내력을 싣지 못하며 마침내 협봉검이 동강나 떨어졌다.

그 사이로 철퇴가 떨어져 내렸다.

파앗―

떨어져 내리던 철퇴가 어느새 옥피리로 변하며 양무악의 목을 스치고 지나갔다.

양무악이 멍하니 만조강을 바라보다가 기우뚱 고개를 꺾었다. 그리고는 몸통에서 머리가 분리된 채 땅으로 굴러 떨어졌다.

"이, 이놈!"

다시 원래의 모습으로 돌아온 무영을 보며 만조강이 이를 부드득 갈았다.

"어디서 이런 요망한 수법을……."

"당하는 인간이 바보인 것이오. 살아남은 자가 강한 것이고."

무영이 차가운 미소와 함께 중얼거렸다.

"이, 이놈!"

만조강은 대꾸할 말을 찾지 못한 듯 수염만 부르르 떨었다.

"무황성과 노닥거리며 그런 것도 배우지 못했다니, 한심한 노릇이오."

무영의 미소가 더욱 차가워졌다.

"건방진!"

만조강이 고함을 치며 안령도를 휘둘렀다.

그러나 여전히 내력이 제대로 모이지 않았다. 아직까지도 떨리고 있는 무영의 옥피리 때문이 분명했다.

따앙―

철피리로 만조강의 안령도를 쳐낸 무영은 옥피리를 휘둘렀다.

사악―

피륙을 가르는 소리가 나며 만조강의 목이 허공으로 떠올랐다.

*　　　*　　　*

"젠장! 너무 많아!"

열 명의 부하와 함께 이백 명 가까운 청기대 조원들과 난전을 벌이던 친위대장 고일기는 신음성을 토했다.

개개로는 상대가 안 되는 놈들이지만 십 대 이백은 아무래도 역부족이었다.

처음에는 무영이 일으킨 혼란을 틈타 휘몰아쳤지만 전열을 정비한 청기대의 반격에 점차 전황이 어려워지고 있었다.

게다가 되도록 살수를 쓰지 말고 쓰러뜨리기만 하라는 무영의 지시를 따르려니 더욱 죽을 지경이었다.

"언제까지 소란을 피워야 합니까?"

부하 하나가 숨을 헐떡거리며 고함을 쳤다.

"낸들 아나!"

고일기가 마주 고함을 치며 검신으로 청기대원 한 명을 때려눕혔다.

"이러다간 당합니다! 우리도 살수를 쓰든지 물러나든지……!"

다른 부하도 소리를 질렀다.

"조금만 더 버티다 물러난다!"

고일기는 악을 쓰며 다시 한 명을 발로 차서 쓰러뜨렸다.

그러나 여전히 역부족이었다.

조장을 필두로 한 청기대는 사생결단을 낼 듯 달려들었다. 주춤거리던 조원들도 조장의 발악에 힘을 얻어 맹렬히 달려들었다. 어쩌면 친위대가 살수를 쓰지 않는 것을 안 때문인지도 몰랐다.

"물러난다!"

마침내 고일기는 퇴각 명령을 내렸다.

그때였다!

콰앙―

이장로의 처소가 폭발하며 지붕이 터져 올랐다. 터져 오르는 지붕의 잔해 속에서 한 인영이 더욱 높이 솟구쳐 올랐다.

장내의 소란이 일시 정지되며 모든 시선이 솟구쳐 오르는 인영에게로 모였다.

포탄의 파편처럼 지붕 위로 솟구쳐 오른 신형은 허공 어느 곳에서 잠시 정지하는가 싶더니 날갯짓이라도 하는 듯 천천히 날아내렸다.

우르르!

무영이 내려서는 근처에 있던 청기대 사내들이 급격히 옆으로 흩어졌다.

떨어지는 사내가 비록 회기대 복장을 하고 있었지만 날개가 달린 듯 부드럽게 허공을 유영하는 모습에서 감히 범접치 못할 절대고수의 신위를 느낀 때문이었다.

휘익—

땅으로 내려서자마자 무영은 양손에 들고 있던 무언가를 허공으로 던져 올렸다.

둥실!

무영이 던진 두 개의 물체는 허공으로 솟아오른 후 끈이라도 달린 듯 허공중에 둥둥 떠 있었다.

"어엇!"

"엇! 저건?"

여러 마디의 경호성이 이곳저곳에 울려 퍼졌다.

허공에 정지된 듯 떠 있는 물체는 인간의 수급이었다.

"이게 어찌 된……?"

그 수급 중 한 개가 이장로의 것이란 것을 인식한 사내들이 다시 경악성을 터뜨렸다.

대체 누가 있어 방주에 버금가는 무공을 지닌 이장로의 목을 베었단 말인가? 그리고 정말 이장로가 목이 달아난 채 죽어버렸다면 자신들은 어떻게 되는 것인가?

그런 생각들이 뇌리에 가득 찬 청기대 조원들의 혼란은 극에 달했다.

그때 무영이 허공을 향해 손짓을 했다.

두 개의 수급은 허공에서 밀려나며 담장 근처에 있는 정자 나무 가지에 걸렸다.

"반란의 수괴들은 모두 죽었소. 청기대주 역시."

소란이 조금 가라앉을 즈음 무영이 조용히 말했다.

마주 앉은 사람과 대화를 나누듯 내뱉는 목소리였지만 청기대원들 모두의 귓속으로 남김없이 파고들었다.

"더 이상의 싸움은 무의미한 일! 자신의 의사와는 상관없이 이곳까지 휩쓸려 온 사람들은 모두 무기를 버리시오."

무영의 목소리가 또 한 번 장내에 울렸다.

조용하던 장내가 다시 술렁거리며 사내들이 서로를 쳐다보았다.

이장로와 청기대주의 죽음으로 인해 그들은 구심점을 잃어버린 상태이니 더 이상은 무의미한 짓이란 생각도 들었다.

"말도 안 되는 소리! 우린 우리의 생각대로 이곳에 왔다!"

누군가 서둘러 고함을 질렀다.

청기대 오조의 조장이었다.

그의 선동에 따라 몇몇 사내들이 웅성거리기 시작했다.

다분히 군중심리에 휩쓸리는 군상들의 모습이었다.

파앗―

팟!

그런 웅성거림 속에서 피륙을 가르는 소리가 들렸다.

"이놈들이 어디에 숨었나 했더니, 여기 있었군!"

청기대 대원으로 변복을 하고 있던 정대룡이 오조의 조장을 베어버린 후 빙글거리며 앞을 나섰다.

그 뒤를 대머리사내 조임중이 눈을 번득이며 따랐다.

"난 개죽음은 당하기 싫다! 죽으려면 혼자 죽어!"

정대룡이 고함을 질렀다. 그를 따라 조임중도 목소리를 높였다.

"누구냐, 너희들은? 너희들은… 회기대 소속이 아니냐?"

두 사람을 알아본 한 사내가 눈을 가늘게 뜨며 조임중과 정대룡을 쳐다보았다.

"어제까지는 회기대 이십조 소속이었지. 그러다 이곳이 더 마음에 들어 따라왔는데 이젠 볼 장 다 본 것 같군. 안 그런가?"

정대룡이 빙긋 웃으며 마주 고함을 쳤다.

사내가 아무 말을 못하고 눈만 끔벅거렸다.

"지금 즉시 무기를 버리면 모든 것을 불문에 붙이겠소."

무영이 다시 말했다.

"네놈이 무슨 자격으로?"

정대룡 등과 조금 떨어져 있던 곳에서 한 사내가 소리를 질렀다.

"이것이면 자격이 될까?"

무영이 품속에서 조양패를 꺼내 허공으로 던졌다.

조양패 역시 두 사람의 수급처럼 허공에 둥둥 떠 있었다.

"네놈이 그걸 어떻게……? 저건… 가짜다."

사내가 눈 사이를 좁히며 고개를 흔들었다.

"그럼 진짜를 보여주지."

조양패를 회수하여 품속에 갈무리한 무영이 사내를 향해 손을 쭈욱 내밀었다.

사내가 무영의 손에서 또 다른 증표를 찾으려는 듯 시선을 모았다. 그러나 무영의 손바닥 안에는 아무것도 없었다. 대신 우우웅! 하는 무거운 진동음이 울리며 새하얀 기류가 사내를 덮쳐 갔다.

퍼억!

비명을 지를 새도 없이 사내의 몸이 십 장 높이에서 떨어진 수박처럼 터져 나갔다.

순식간에 혈편이 된 사내의 몸이 사방으로 흩어지며 근처에 있는 사람들을 뒤덮었다.

"으헉!"

"으아악!"

피를 뒤집어쓴 사내들이 비명과 함께 분분히 흩어졌다.

"다른 것도 있지."

무영이 품속으로 손을 넣어 피리를 꺼내 허공으로 뿌렸다.

피리에서 시린 묵광이 뿜어져 나와 허공을 갈랐다.

우두두둑!

조금 뒤 이장로와 양무악, 두 사람의 수급이 걸린 아름드리 정자나무의 허리가 싹둑 베어지며 옆으로 넘어갔다.

콰앙!

정자나무 밑에 깔린 담장이 수수깡처럼 무너지며 자욱한 흙먼지가 피어올랐다. 미처 피하지 못하고 나무둥치에 깔린 사내 몇 명이 처절한 비명과 함께 피를 토했다.

너무나 명백한 증거 앞에 더 이상 입을 여는 사람은 없었다. 모두들 그 자리에 얼어붙은 채 무영의 일거수일투족만 지켜보았다.

"당장 무기를 버리고 숙소로 돌아가면 아무 일도 없을 것이오. 반면, 계속 분란을 조장한다면 모두 쓸어버리겠소. 그렇게 어려운 일도 아니니."

무영이 차가운 미소와 함께 피리를 앞으로 내밀었다.

"어헉!"

피리와 일직선상에 있던 사내 하나가 비명을 지르며 쥐고 있던 검을 바닥에 던졌다.

피리가 다시 움직이며 다른 사람을 가리켰다.

쨍―

쨍―

사내들이 급급히 무기를 버렸다.

"뒷일은 대장이 수습하시오. 저 두 사람이 도와줄 거요."

무영은 친위대장 고일기 일행에게 정대룡과 조임중을 합류시켰다.

"자네… 아니, 공자는?"

조일기가 호칭까지 바꾸며 물었다.

"이젠 본격적인 사냥을 해볼 참이오!"

"본격적인 사냥?"

고일기가 눈을 크게 뜨며 무영을 쳐다보았지만 무영은 그 자리에서 연기처럼 꺼져 버렸다.

『장홍관일(長虹貫日)』 3권에 계속…

武林君子

무림군자

장진영 新무협 판타지 소설

무림은 그를 영웅이라 불렀고,
그는 자신을 소인이라 칭했다.

"사람이 가져야 할 것 중 가장 기본은 인의(人義). 자신이 정한 바
를 흔들림없이 나아가는
것이 바로 군자의 도(道)다."

얽히고설킨 그들의 인연에 의해 시간의 수레바퀴가 돌아가고,
숨죽였던 무림이 풍룡과 함께 웅대한 날개를 펼친다!!

유행이 아닌 자유추구 -
WWW. chungeoram.com
Book Publishing CHUNGEORAM